Ariadne's Calling

アリアドネの声

井上真偽
MAGI INOUE

幻冬舎

アリアドネの声

目次

WANOKUNI階層図

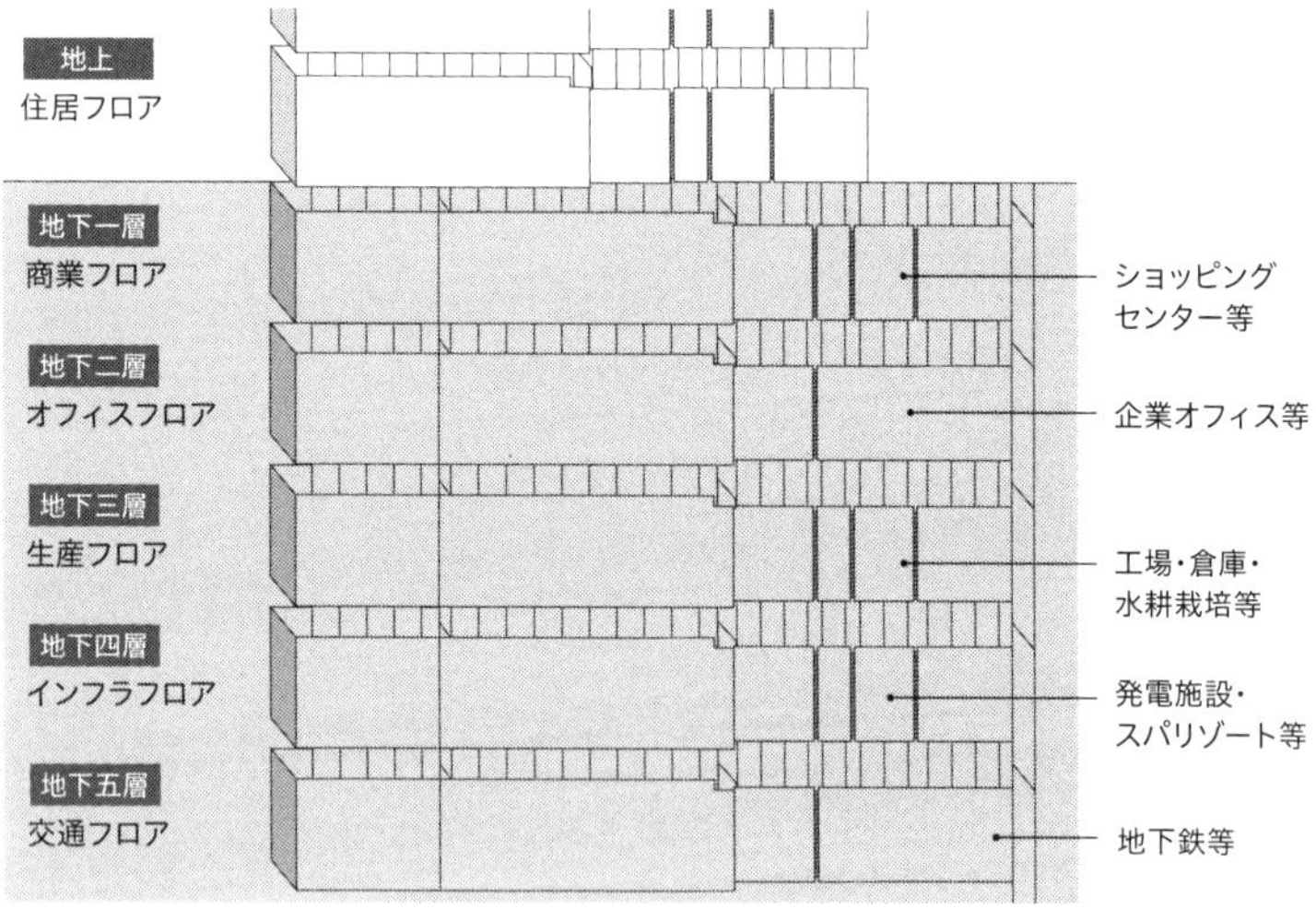

誘導ルート（全体マップから抜粋）

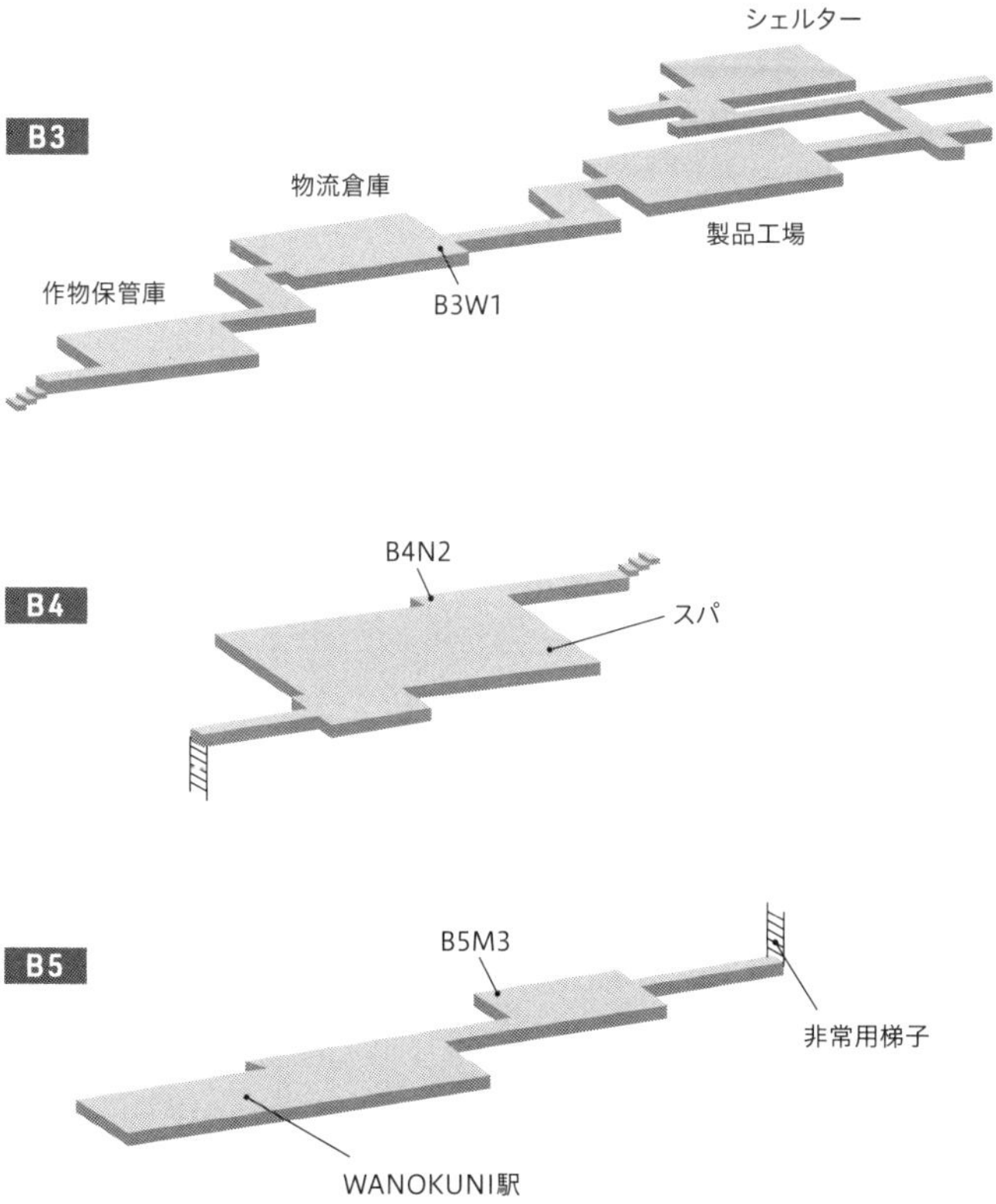

この世界で最もすばらしく最も美しいものは、
目で見ることも手で触れることもできない。
ただ、心で感じられるだけである。

——ヘレン・ケラー

プロローグ

「兄ちゃーん」

暗い洞窟に向かって、俺は叫ぶ。

何度も来た場所だった。家から自転車で、一時間ほど走った海岸沿いにそれはある。ミサイルのように突き出した岬の下に存在していて、いつもは海の中だが、干潮のときだけゲームの隠れキャラのようにぽっかり顔を出す。

別名、「度胸試しの洞窟」。危険なため、大人でも立ち入り禁止だ。学校でも夏休み前に口うるさく注意されるが、洞窟を抜けた先に絶好の釣り場があるので、隠れて入るバカガキどもが後を絶たない。

「兄ちゃーん……」

そして俺たちも、バカガキどもの一員だった。兄貴と俺は、シングルマザーで日頃働き詰めの母親に新鮮な海の幸をプレゼントするために、たびたび人目を盗んでその穴場に足を運んでいたのだ。

といっても、いつも洞窟に入るのは兄貴一人だけで、俺は入り口で見張り役。兄貴に命令されたからじゃない。俺の希望だ。

——ビビりだなあ、ハルオは。

俺が今日も洞窟に入らないことを告げると、兄貴は呆れたように言った。

——いつまで怖がってるんだ？　そんなんじゃ、一度も入らないうちに小学校卒業しちゃうぜ。

——そのうち入るよ。そのうち……。

——いつだよ、そのうちって……。まあいいよ。無理だと思ったら、そこが限界だしな。

その言葉は、罵られるより数倍俺にはこたえた。ああいうのを「憐れみ」というのだろう。だが、かといって兄貴を恨んだり、僻《ひが》みっぽく思う気持ちはこれっぽっちもなかった。なぜなら兄貴は優しかったたし、俺と違って何でもできて、まさに俺のヒーローだったたから。好きで尊敬している相手より劣っていると自覚することは、痛くも痒《かゆ》くもない。

今となっては、なぜ当時の自分があの洞窟を怖がっていたのか、もうわからない。思うに、兄貴に見せられたネットの動画が一因になっていたには違いない。それは海中洞窟で溺れ死んだダイバーの映像で、誰も救助に来ない海底の暗闇の中、やがて来る死を待つだけの状況は想像するだに怖かった。視聴後は何度も夢でうなされ、「暗い洞窟」は晴れて俺の恐怖の象徴となったわけだ。

だがそれはつまり、兄貴も同じ動画を見ていたわけで。俺一人だけが怖がっていた理由にはならない。端的に言えば、俺が臆病だったというだけの話だ。

「兄ちゃん、遅いなあ……。釣れてんのかな……」

引き潮から一転、満ち始めた海を見て、俺は岩の上で磯遊び用の手網を握りながら呟く。潮の満ちは速く、いったん満ち始めると洞窟の入り口はあっという間に海中に没してしまう。だから危険なのだが、当時の俺はあまり心配していなかった。兄貴がギリギリまで粘ることはよくあったし、一度などは入り口が水没し始めても、泳いで戻ってきたことまであった。中学生だった兄貴は俺から見てだいぶ大人で、兄貴の判断に間違いはなく、兄貴の行動に自分なんかが口を出すべきではないとさえ思っていた。

だから俺は、知らなかった。

このとき、兄貴が、すでに溺れかけていたことを。

異変に気付いたのは、潮が満ち、入り口のだいぶ上まで波が届くようになってからだ。そこで初めて慌てて大人を呼びに行ったが、すべてが手遅れだったことは言うまでもない。あとで親戚から聞いた話によると、兄貴が海に落ちたのは入り口からほんの数メートルほど奥の場所だったらしい。そこはちょうど碗状に抉《えぐ》れた穴のようになっていて、穴の壁面は陶器のように滑らかで高さもあり、大人でも自力で這い上がるのは難しい。

兄貴は泳ぎもうまかったから、きっとすぐには溺れなかっただろう。暗い海面を漂いながら、何度も俺の名を叫んだはずだ。だが俺には聞こえなかった。なぜなら俺は、だいぶ離れた岩の上にいたから。浅瀬にある岩場で、いつでも砂浜まで歩いて戻れる絶対の安全圏から、兄貴の冒険を遠巻きに眺めていたから。

今でも夢に見る。もしあのとき俺が、もう少し勇気を出して近づいていたら。暗闇の恐怖に負けず、せめて入り口の手前あたりで兄貴の帰りを待っていたら。

いったいどんなふうに、運命は変わっていただろう。

そのときはきっと、俺には兄貴の声が聞こえていたはずだ。

俺が無理だと、思わなければ。

I

賢い街

Smart City

私は自分の身体的障害を、どんな意味でも神罰とか不慮の事故であると思いこんだことは一度もありません。もしそんな考え方をしていたら、私は障害を克服する強さを発揮することはできなかったはずです。

――「私の宗教」ヘレン・ケラー著

1

「行ってきます！」

位牌が並んだ仏壇の鈴《りん》を手早く打ち鳴らしてから、俺は畳の上の鞄をひっ掴む。

早朝だった。古びたカーテンの隙間からは曙光が差し込み、これまた年季の入った畳の上の埃を照らす。一晩窓を閉め切った和室には熱気がむっと立ち込め、お世辞にも爽やかな朝の空気とは言い難かった。カーテンの外からジージーと聞こえる、暑苦しい蝉《せみ》の声。今日も猛暑だろうか。

「今朝も、早いのね」

玄関に向かおうとすると、寝間着姿の母親が部屋から見送りに出てきた。

「ああ、うん」

「今、何時？——まだ六時前じゃない。大丈夫？　昨日も帰り、遅かったんでしょう？」

「大丈夫。しっかり寝たから」

嘘だった。昨晩も終電ギリギリで、帰宅したのは日付が変わってからだ。今も寝不足で頭が朦朧《もうろう》としているが、帳尻は行きの電車で眠れば合わせられるだろう。なにせ通勤時間は片道二時間以上ある。

　靴を履こうと玄関前に座り込んだところで、背中に母親の視線を感じた。

「……ハルオ」

「何?」

「したら?」

「何を?」

「一人暮らし。東京まで、毎日大変でしょう?　私のことなら、もう心配しなくていいから」

　俺は押し黙る。兄貴の事故のあと、母親は調子がおかしくなった。しばらく病院通いが続き、ようやく人並みの生活が送れるようになったのは俺が高校に入ってからだ。

　そのときはこれで母親も回復したと安心したが、病根が想像以上に根深いと気付いたのは、大学時代に泊まりのバイトで長らく家を離れたときのことだ。帰宅後、ゴミ屋敷と化していた我が家を見て、俺は二度と実家を離れないと決めた。

「いや、いいよ。東京は家賃高いし。借りても、どうせ帰って寝るだけだし」

「ハルオの会社は、住宅手当とか出ないの?」

「出るけど……あくまで補助だしさ。通勤手当とかも入れて計算すると、定期代のほうが安いんだよ。それに今は、リモートワークとかもあるし」

「そうなの？　だったら、いいけど……」

　定期代のほうが安いというのはもちろん嘘だ。自分の配属部署は対人業務や出先での作業がメインで、ほぼリモートでできる仕事はないということも黙っていた。もっとも扱う「商品」自体は、ある意味リモートと呼んでいいかもしれないが――それはさておき、ただでさえいまだ現実を受け止め切れずにいる母親に、ことさら新たな心配の種を植え付ける必要もない。

「ハルオ」

　内側にずれこんだ靴のベロを直していると、母親が唐突に言った。

「無理、しないでね」

　一瞬、俺の手が止まる。

　脳裏に、洞窟に荒波が打ち寄せる光景が蘇った。だがすぐにそれを打ち消し、手早く靴を履いて立ち上がると、肩をすくめてみせる。

「無理って、何が？」

　惚《とぼ》けて言って、玄関のノブに手を掛けた。

「行ってきます」

ドアを開ける。むわっと湿った夏の外気が顔を襲った。待ってましたとばかり目に飛び込む朝日を手のひらで防ぎつつ、心の内で反論する。

——無理だと思ったら、そこが限界なんだよ、母さん。

「高木《たかぎ》君。朝ごはん、それだけ？」

始業前。会社のデスクで昨日の残りの仕事を片付けながらナッツバーを齧《かじ》っていると、後ろから声を掛けられた。

振り向くと、紫のショールを羽織った女性が怪訝《けげん》そうにこちらを見ている。花村佳代子《はなむらかよこ》さん。俺の新人教育の担当だった人で、一児の母の三十代。サバサバした性格で、子供を産むときにバッサリ切ったというショートカットが似合っている。

「はあ。これからすぐ、会社を出なくちゃいけないんで」

「立川飛行場でのスクールでしょ。だったら、なおさら食べなきゃ駄目じゃない。インストラクターがお腹を鳴らしてたら、格好つかないでしょう」

目の前に、ラップに包んだ三角形の物体が置かれる。昔話に出てくるようなどでかいおにぎりだ。戸惑うが、上司の有無を言わせない目力《めぢから》に根負けして、おずおずと手に取る。

そういえば先日、会社の健康診断があったが、不健全な生活を送る部下の健康管理をするよう、上から発破でもかけられたのだろうか。

久々のコンビニ飯ではないおにぎりは、家庭の味がした。具にはフレークではなく、きちんと焼いた鮭の身が入っている。塩味の薄さに、家族の健康を気遣う花村さんの姿が透けて見えた。——これが母親の味、か。

「子育て中だから、かしらね」

花村さんが俺の食べる様子をじっと観察しながら、説教モードで話し始めた。

「若い子が食べないと、心配になるのよ」

「……食べない若い男なら、あそこにもいますけど」

自分だけ標的にされるのを逃れようと、出社もまばらなフロア内を見回し、隣のデスクの島に一人孤独に座っている社員を指さす。我聞庸一《がもんよういち》。俺より二期上の先輩社員で、部署こそ違うが、インターンのとき世話になった縁で顔見知りだ。

……といっても、従業員数が五十人にも満たないベンチャー企業では、全社員がほぼ顔見知りに等しいが。痩せぎすで、骸骨が眼鏡を掛けたような風貌の先輩は、俺と目が合うとあからさまに気付かないふりをして仏頂面でノートパソコンを弄《いじ》り始めた。全身から「かまうな」オーラが漂っている。先輩とは確かに気兼ねなく話せる間柄だが、この人は決して面倒見の良い性格でも、社交的でもない。

「我聞君」

だが花村さんはそんなオーラなどものともせず、つかつかと先輩に近寄り、呼びかける。

「朝ごはんは？」

キーボードを叩く音が止まる。

「食べました」

「何を？」

「えっと——日比木屋《ひびきや》の、カレー——」

「へえ。でもあそこ、オープンって十一時からじゃなかったっけ？」

うっと返答が途絶える。詰めが甘い。先輩が俺にすがるような目を向けてきたが、さきほどの態度からして、虫が良すぎるというものだろう。こちらも無視を決め込む。

「じゃあ、これ。ノルマね」

先輩のデスクにも米の塊が置かれる。「朝に炭水化物取ると、一日頭が働かなくなるんですよ……」先輩は恨みがましくボヤきつつ、しぶしぶ配給品に手を伸ばした。

「さて。これで二人とも、一応カロリーは摂取できたけど」

花村さんは先輩のボヤキを無視して、続ける。

「栄養バランスはめちゃくちゃだからね。各自、夜は野菜をきちんととること。我聞君は一人暮らしだっけ？　たまには自炊している？　高木君は――」

そこで花村さんの言葉が止まる。彼女にはこちらの家庭の事情をある程度話してあるので、どう訊いていいか迷ったのだろう。俺は察して答える。

「してますよ、自炊」

「……お母さんが？」

「いえ、自分で。平日は作っている余裕がないので、一週間分を週末に作って、タッパーに分けて冷凍しておくんです。それなら母親も好きに食べられるので」

そうか、と花村さんが神妙な顔で頷く。

「まあ、自宅が静岡だしね。あまり無理せず、惣菜屋さんとかもうまく利用するといいよ」

無理なんかじゃ、と反論しようとしたところで、我聞先輩が「静岡ぉ？」と裏返った声で割り込んできた。

「静岡って――お前、そんな遠くから通ってんの？　なんで？」

花村さんが先輩を見て、「え、今更？」というような顔をする。俺は苦笑いを浮かべた。

確かに先輩とは社内では仲がいいように見られがちだが、実はそこまでお互いに詳しくない。俺が自分の家のことをあまり喋りたくないというのもあったが、双方それほど相手のプライベートに興味がないというのが、まあ本音だ。

「うちの会社、住宅手当がまあまあ出てるだろう？　静岡じゃ定期代だって馬鹿にならねえだろうし、西武新宿線沿いなら、家賃だってそれほど――」

「最近は静岡から都内に通っている人も、結構いるよねえ？」

花村さんがフォローを入れるように、俺に優しく問いかける。

「それに、実家暮らしは楽だし……ね？」

俺は曖昧に笑って受け流した。先輩は呆れたように口を開けると、ずれた眼鏡を掛け直し、手元の米の塊を親の仇《かたき》のように一睨《ひとにら》みしてから、かぶりつく。

「けどよ」米を咀嚼《そしやく》しつつ、言う。「この新宿の本社ならまだしも、お前、客先に直接出向くことが多いだろ。千葉とか筑波とかさ。そんなとき、どうしてんだ？　朝いったい何時起きだよ。いくら実家暮らしが楽だからって、俺にはとても無理だな」

「無理って思ったら」俺も同じく米を咀嚼しつつ、言い返す。「そこが限界なんですよ」

株式会社「タラリア」は、ドローンビジネスを手掛けるベンチャー企業だ。

社歴は八年ほど。もともとは施設点検や災害救助用のドローンを開発していたらしいが、徐々に事業領域を広げ、今ではワンストップサービスの点検ソリューションやドローン導入コンサルティング、一般ユーザー向けにドローン講習を行うスクール事業などの対顧客サービスも行っている。

入社三年目の俺が配属されているのは、「スクール事業部」だった。老若男女のドローン初心者らに実技指導をするため、俺は新宿区にある本社を出たあと、東京の西部、立川市にあるドローン屋内飛行場に移動していた。郊外の大型倉庫を改築したスポーツ施設内にあるもので、うちの会社の所有物件ではないが、管理団体と年間の使用契約を結んでいる。

受講者たちは開始三十分前にはもう集まっていた。計四日間の短期講座で、前半二日が座学、後半二日が実技指導という構成。座学は俺の担当ではないため、彼らと会うのは今日が初めてだ。

時間になり、目の前に整列する面々を前に、急激な眠気に襲われてきた。さきほどの炭水化物大量摂取によるインスリンの過剰分泌が、睡魔を誘っているらしい。我聞先輩のボヤキも、あながち根拠のないことでもない。

「では、出入の確認を取ります」

気合で眠気を振り払い、名簿を読み上げる。

「ええと、一番、株式会社小岩田製作所、内山豊さん……」

はい、とポロシャツの腹が突き出た中年男性が返事した。ドローンというと若者のイメージだが、実際の受講者は年代が幅広い。会社の業務で使う、退職後の趣味にしたい、副業目的――と受講理由は様々だが、それだけドローンに注目が集まっている証《あかし》だ。

「二番、株式会社アルス建設、三浦保志さん。三番、個人事業主、皆川悟さん――」

名簿によると、今日の受講者は六人。大半が俺より年上で、うち四人が民間人、二人が消防士の制服を着た公務員だ。消防の現場でもドローンは存在感を増しているらしく、最近は消防士の参加も目立つ。

だが、その中に一人だけ、いた――俺と同年代くらいの受講者が。ダボついたトレーナーと目深にかぶった野球キャップで容姿はよくわからないが、華奢《きやしゃ》な骨格からして女性だろうか？　さきほど年代は幅広いと言ったが、性別には明らかな偏りがあり、女性の受講者は珍しい。

「四番、有限会社アルトデザイン、韮沢栗緒《にらさわあお》さん……韮沢栗緒？」

そこで思わず名前を二度見した。韮沢……栗緒？　同姓同名？　いやしかし、ほかにこんな珍しい名前は――。

名簿から顔を上げると、当の女性と目が合った。女性は急に口ごもった俺を訝《いぶか》しげな目で見ていたが、ややあって、その細い目が大きく見開く。

片手が口を覆う。やがてその指の隙間から、聞き覚えのある声が漏れた。

「もしかして……高木春生君？」

韮沢栗緒は、俺の高校の同級生だ。

陸上部の走り高跳びのエースで、無口で無愛想だが端整な顔立ちは男子の間でも人気があった。ストイックな頑張り屋というイメージで、当時は陸上トラックで日没まで練習する姿をよく見かけた。何度も引っ掛かっていた高さのバーを越えたときの、小さくガッツポーズをする姿がスナップ写真のようにいまだに俺の脳裏に焼き付いている。

といっても、とりわけ親しかったわけでもない。高校時代はクラス仲間として普通に接し、普通に当たり障《さわ》りのない会話をしていた程度だ。向こうも喜びというより困惑の表情を見せたので、俺は「よう、久しぶり」とひとまず軽く流して、あとは粛々と業務に集中した。

だから講習終了後、向こうから話しかけてきたときは少し驚いた。

「久しぶり」

飛行用の屋内コートの脇で後片付けをしていると、急に背後から声を掛けられた。ややドキリとしつつ、平静を装い、振り返る。

「久しぶり。元気？」

「まあまあ。高木君は？」

「俺も、まあまあ」

　韮沢は高校時代からはだいぶ印象が変わっていた。昔はショートカットだったが、今の髪の長さは肩くらいまである。メイクは素に近かったが、それでも口紅や眉の形の印象でだいぶ女性らしさを感じさせた。そして何より、その表情――こんな愛想笑いをするやつだっただろうか。

「びっくりした。誰かに似てるなあと思ったら、まさかの高木君だったから」

「俺も。韮沢さん、ドローンになんて興味あったんだ？」

「興味っていうか……。ちょっと、仕事で必要になって」

「仕事？　そういや、韮沢さんの会社って――」

「うん。デザイン会社」

　それから韮沢は堰《せき》を切ったように喋り出した。地方のウェブ制作会社に勤めていること。その会社が最近動画制作にも手を出し始めたこと。自分も流れでそのチームに入れられ、自腹で空撮用のドローンを買わされたこと。最初は嫌々だったけど、空撮を始めたら意外にはまり始めたこと――。

饒舌《じょうぜつ》だな、とまず思った。こんなに自分のことを喋るタイプだったっけ。だが時間の流れは人を変える。社会に出て、彼女なりに社交性を身につけたということかもしれない。

「でね。社長が資格を取ってこいって言うから、今回のスクールに参加した。費用は会社持ちだから、どうせなら旅行気分で東京まで行こうと思って、ここを――あっ、ごめん。さっきから、私ばっかり喋ってるね」

「いや、別に」

俺はドローンのバッテリーをケースにしまいながら答える。ただその饒舌ぶりより内心驚いたのは、韮沢の胸ポケットにタバコの箱が見えたことだ。まだ彼女がスポーツ選手だったころ、彼女はファーストフードも口にしないストイックな女子高生だった。

「そういえば」と、韮沢は気遣うように話題を振る。「高木君は、どうしてドローンの会社に勤めてるの？」

返事に迷った。俺の家庭の事情は、どこまで彼女に話していたっけ。

「うーん……何だろうな。やっぱ、ドローンは時代の最先端というか、将来性があるっていうか……」

「高木君も、ドローンで動画撮ったりするの？」

「いや。俺は主に調査用」

「調査用？」

「今のドローンってさ、ホビー用のトイドローンとか空撮用のドローンだけじゃなくて、いろんな用途のものが開発されてるんだよ。建物点検用のドローンとか、農薬を散布する農業用のドローンとか。俺がよく担当するのは、建設現場や災害現場を調べたりする、調査用のドローン。『アリアドネ』って知らない？　うちで開発した、災害救助用の国産ドローンなんだけど……」

「ふうん……」

今度は反応が薄かった。やはり空撮以外にはそれほど興味はないらしい。様々な分野で活躍し始めたドローンだが、その用途についてはまだまだ一般の認知度は低い。

ややあって、彼女がボソリと呟いた。

「災害救助って……やっぱり、お兄さんのことが理由？」

ケースの蓋を閉める俺の手が止まる。

「俺、話したっけ？」

「うん」

思い出した。三年間の高校生活の中で、俺は一度だけ、韮沢と親密に話したことがある。

それは高校二年の秋のこと。夜に海岸線を自転車で走っていた俺は、制服姿で暗い海に入っていこうとする彼女を見て、訝しんで呼び止めた。

「高木君、あのとき絶対私が自殺すると思ってたよね」

　韮沢がクスッと笑いながら言う。

「すごい形相で走ってきて、正直、怖かった。助けに来てくれたっていうより、真っ先に私、『あ、襲われる』って思ったもん」

　やや赤面する。

「仕方ねえだろ。あの状況じゃ」

「まあね。まあ、私が悪いんだろうけど……」

　その数か月前、韮沢は交通事故に遭った。命に別状はなかったが、競技者としての選手生命が絶たれるほどの大怪我だった。韮沢は明るく振舞っていたが、心情を慮《おもんぱか》って、クラス中が韮沢に対して腫れものに触《さわ》るような空気だったことを覚えている。

「でも、あのときの高木くんの台詞《せりふ》は全部覚えてるよ」

　韮沢は屈託のない笑顔で続ける。

「あんなに必死に喋る人、初めて見たから。お兄さんのこともだけど、やっぱり一番記憶に残ってるのは、『無理だと思ったらそこが限界なんだ』って言葉かな。うちのコーチより暑苦しいこと言うな、ってそのときは思ったけど」

「悪い。それ、口癖なんだ。俺のっていうより、兄貴のだけど」

「そうなんだ。それってつまり、お兄さんの遺志を継いでいるってことだよね。偉いね。実際いい言葉だと思うよ。私もあれで、ちょっとリハビリ頑張ろうかなって思ったもん。正直、陸上にもまだ未練があったし。——まあ、やっぱり無理だったけど」

　少し驚いた。あれから部活はあっさり引退していたし、たいして親しくもない俺の言葉など、てっきり聞き流されたものと思っていたが。内心を表に出さない分、やはり彼女は芯の強い人間だったのかもしれない。

「あ」

　唐突に、韮沢が声を上げた。

「『アリアドネ』って、なんか聞いたことがあると思ったら——高木君の会社、もしかして『WANOKUNI』プロジェクトに参加している？」

　彼女の口からその名称が飛び出たことに、再度驚いた。

「あ……ああ。あそこの防犯システムに、うちの製品が採用されているけど……よく知ってるな」

「知ってるも何も」韮沢が自分の鼻を指さす。「私、参加者」

「参加者？」

「シティの住民募集に応募して、当選したの。障がい者枠で」

「障がい者枠で？」

ＷＡＮ∩ＫＵＮＩプロジェクトとは、国土交通省が大手建設会社やＩＴ企業と組んで立ち上げた都市開発プロジェクトだ。

最新のＩＴ技術を駆使して住みよい都市作りを目指す、いわゆる「スマートシティ」構想というやつで、システム構築にうちの会社も絡んでいるため、俺も下っ端ながら一枚嚙んでいる。

障がい者枠と聞いて、俺はなるほどと思った。本プロジェクトには、健常者も障がい者も分け隔てなく生活できる、いわゆるバリアフリー――あるいはユニバーサルデザインな都市を構築する、という目標もある。様々なタイプの障害を持つ人々が、家賃などの優遇制度とともに誘致されているのだ。韮沢はそれに応募したのだろう。

彼女のカーゴパンツに隠された足を見て、言った。

「その足、また後遺症が残ってるのか？」

「私じゃないよ。妹」

「妹？」

「失声症なんだ、私の妹。事故のショックで、あれからずっと」

交通事故の被害者は、韮沢一人ではなかった。家族旅行中に車が玉突き事故に遭い、一家全員が不幸に見舞われたのだ。

「今年で九歳になるんだけどね。まだ引っ越したばかりの土地だし、声も出せないから、目を離すとすぐに迷子になっちゃって。それでよく、警察のお世話になるんだけど、街の監視カメラの中に一つ、ドローン視点のものがあるんだ。その名前が確か、『アリアドネ』」

初期型だな、と俺は思う。不審者の発見や徘徊高齢者の見守りを主な用途として開発された、自動巡回機能を持つタイプだ。

「まあ、助かるよね。街はＩＴ化されていて便利だし、障がい者向けのサービスや手当も手厚いし。事故で父親を亡くしてからは、ほぼ保険金や遺族年金頼りで生活してたからさ。引っ越す前と後じゃ、もう雲泥の差。仕事も斡旋《あっせん》してもらえるから、いざとなったら今の会社も辞められるしね」

うちの会社、結構ブラックでさ、と韮沢は笑う。

韮沢の手が、胸ポケットに伸びた。無意識のようにタバコを一本、口に咥《くわ》える。ここ禁煙、と注意しかけたが、どこか魂の抜けたような韮沢の空虚な眼差しに呑まれ、つい何も言えなくなる。

「ねえ、高木君」

カチッとライターの火が点き、タバコの先が赤くなった。

「……なんだ?」

「実はね。次に高木君に会ったら、言おうと思っていたことがあって。言っていい?」

「え?　あ、ああ……うん」

「あのね。あの事故のあと、私、いろんな人から励ましを受けたんだ。友達とかコーチとか、他校のライバルの女の子とか。でもね。その中でも、特に――」

虚《うつ》ろな目がこちらを向く。一瞬の間のあと、韮沢はゆっくり口の端を吊り上げると、ふうと俺にタバコの煙を吹きかけ、言った。

「高木君が一番、うざかった」

2

空が、抜けるように青かった。

今日も猛暑だな。雲一つない晴れた空を見上げて、俺は覚悟を決める。

まだ午前中だが、アスファルトの道路の上はサウナのように蒸し暑かった。会社の軽バンから荷物を下ろすたびに、ぶわっと汗が噴き出す。隣では我聞先輩が、まるで萎《しお》れたレタスのように積み荷の段ボール箱の上に突っ伏していた。明らかにサボりだが、なぜか怒る気にはなれない。痩せぎすで病的に青白い先輩が、生まれたての仔牛のようにひ弱に見えるからだろうか。

「高木君。その段ボール箱、こっちね」

会社のロゴ入りTシャツを着た花村さんが、書類を見つつ指示を出す。

指示通り運ぶ。視界の端で、花村さんに丸めた書類で尻を叩かれる先輩の姿が見えた。しぶしぶ身を起こした先輩が、愚痴を垂れるのが聞こえる。

「なんで開発部の俺が、こんな肉体労働を……」

「開発部だからでしょう」と、花村さん。「むしろそれ、こっちの台詞だからね。開発部の仕事に、スクール事業部が駆り出されてるんだから」

「俺は、自分の仕事はちゃんとしてますよ。これは、職掌外じゃないですか。こんな大荷物、配送業者に頼めばよかったんですよ」

「コスト削減、コスト削減」

花村さんがお経のように唱える。先輩がため息をつき、いかにも嫌々といった調子で働き出した。その遅々として進まない仕事ぶりを見て、これは自分が二倍働く必要があるな、と俺はもう一つ別の覚悟を決める。

俺たちは今日、例の「ＷＡＮＯＫＵＮＩ」にやってきていた。

本日開催される、オープニングセレモニーに参加するためだ。プロジェクトが試運転期間を終え、今日からようやく本格運営が始まるらしい。

会社が一枚嚙んでいるとはいえ、なぜ住民でもない俺たちがセレモニーに参加しているかといえば――まさに、このオープニングセレモニーのせいだ。今回のセレモニーの目玉の一つにドローンの空中ショーがあり、そのシステムにうちの技術が採用されているため、開発部の我聞先輩がアドバイザーとして任用されていたのだ。

とはいうものの、実は今、汗水垂らして運んでいる大荷物の大半は、同日午後に開催されるドローンの見本市に出品するためのものだった。世界的にも先進的な都市開発プロジェクトということもあり、セレモニー当日は国内外からメディアが集まる。会社はそれを絶好のアピール機会だと捉えているのだろう。本来は営業や広報などの仕事だろうが、慢性的な人手不足にあるうちのようなベンチャー企業では、とにかく手の空いている者に仕事が振り分けられる。

「……それにしても、綺麗な街ね」

荷物の運搬作業中、花村さんがふと顔を上げ、羨望のため息交じりに呟く。

俺もつられて周りを見た。見本市用に公園に設けられた特設会場の周囲には、整然とした街路樹の遊歩道が広がっている。ときおり民家や学校の校舎のような建物が散見されるほかは、どこまでも緑だ。ほかの人工物はコンビニはおろか、看板や電柱の一本に至るまで、一切目に入らない。

そう――この街のメインは、地下にあるのだ。

街としての機能――商業施設やオフィス、インフラ設備など――の大半は地下にあり、地上には個人の住宅や教育施設など、最低限の設備を残すだけ。WANOKUNIは最新のIT技術の粋《すい》を集めた、前衛的な都市計画に基づいて開発された実験都市だが、その目指す未来都市像の一つの形として選ばれたのが、この「地下都市構想」だったらしい。

都市機能を地下に移すメリットはいろいろある。まず、地上の景観が良くなるというのが一つ、土地の効率的利用ができるというのが一つ。地下に施設を集約することで空調などに使用するエネルギーも効率的に管理できるし、近年の環境科学技術を駆使すれば、地下で発生した二酸化炭素を回収して地上への排出量を抑制することも難しくはない。

ほかにも高層ビルによるビル風被害や日照問題、ヒートアイランド現象、騒音や悪臭、振動問題など、地下都市にすることで解決する都市問題は多々ある。聞くところによると、こういった地下都市開発――いわゆる「ジオフロント」構想は、日本では一九八〇年代の土地バブル期に一度盛んになったらしい。当時は技術的な問題もあってブームはやがて下火になったが、時を超え現代になって再び返り咲いたのが、この「ＷＡＮＯＫＵＮＩ」プロジェクトのようだ。

もちろん、デメリットもある。一つは、地上に工場や倉庫を持たないことで物流が滞るというものだ。

そしてその解決策となるのが、我らが「ドローン」だった。実験的スマートシティとしてドローン特区にも指定されているＷＡＮＯＫＵＮＩでは、地上の物流網の代わりに、地下に「チューブ」と呼ばれるドローン専用の配送路が網日のように貼り巡らされている。これにより地下で物資を輸送したり、「ラストワンマイル」と呼ばれる最終消費者への荷物の配送を簡便化しているのだ。

この「ドローン物流」のおかげだろう、地上では配送トラックはほとんど見かけなかった。地下道も整備されているため私用車もあまり走っておらず、見るのはせいぜい自動巡回のバスといったところだ。

空気もまるで高原のように澄んでいた。俺は段ボール箱を積んだ台車が木陰に差し掛かったところで、大きく息を吸い込む。この清浄な空気を吸い込むたび、都会の排ガスに汚染された体が浄化されていきそうだ。

――ここでの暮らしなら、そう悪くもないんじゃないか。

韮沢のことを思い出し、ふとそう思った。

だが同時に、先日言われたことが頭をよぎり、やや気持ちが重くなる。今日のオープニングセレモニーには、当然韮沢も参加するはずだ。顔を合わせることはあるだろうか。

「あの、花村さん」

台車を押しながら、つい言葉が口を衝《つ》いて出た。

「はい？」

「花村さんって、どういう男性を『うざい』って思います？」

「え？　なに、急に」

花村さんは書類から顔を上げると、うーんとボールペンの尻で顎を押し上げつつ唸る。

「まあ、ウジウジしている人かなあ。あと、何かと言い訳する男。プライベートなことをしつこく聞いてくる男もうざいよね――なに、高木君。誰か女の子に言われたの？『うざい』って」

「はあ、まあ」

「うわあ、可哀想」

言葉とは裏腹に、花村さんは目をキラキラさせる。

「ご愁傷様。お気の毒だけど、その子はもう脈なしと思っていいね。ねえ、我聞君もそう思わない？　女子に面と向かって『うざい』って言われるなんて、相当だよね？」

我聞先輩は段ボール箱の載った台車を押しながら、しばらく無言で歩く。

「……俺も合コンのとき、『何も喋らなくてキモい』って言われたことなら、ありますね」

少し、場が静まった。

ガタガタと、台車が歩道の段差を乗り越える音が無機質に響く。どうするんですか、という目で俺は花村さんを見た。花村さんは少し固まっていたが、やがて申し訳なさそうな顔をして、先輩に向かって首《こうべ》を垂れる。

「そうか……なんか、ごめん」

「いえ。別に」


灼熱の陽ざしのもと、式典は始まった。

ロックフェスのような屋外ステージに、知事やら市長やらのお偉方が並ぶ。司会者が華々しく開式を告げると、祝砲が放たれ、地元高校のブラスバンド部による生演奏が始まった。ドローンの出番はまだない。

「えー……このように、本プロジェクトはわたくし殿山《とのやま》が、国土交通大臣だったころからの悲願でありまして……。この都市が、我が国は言うに及ばず、全世界におけるスマートシティの先駆的モデルとなることを目指し……」

知事の長い挨拶を、俺は欠伸《あくび》を嚙み殺しながら聞き流す。噂によると、この「WANO KUNI」プロジェクトは元国会議員で大臣経験のある現知事の肝煎りらしい。活断層やら地下湧水やらの問題で頓挫《とんざ》していた開発計画が、知事の一声で一気に実現に向かったという話だ。

「――というわけで、本プロジェクトが再び日の目を見ましたのも、こちらの殿山知事のご尽力のおかげでございまして――不肖この山口も、微力ながら殿山知事の右腕として犬馬の労を取り――」

ぼうっと聞いているうちに、いつの間にか壇上の話者は市長に替わっていた。市長は知事の議員時代の秘書で、巷《ちまた》では知事の腰巾着呼ばわりされている。ただ決して無能というわけでもなく、スマートシティの「障がい者支援」という特徴を前面に打ち出し、莫大な予算のかかるプロジェクトの支持を市民から勝ち得たのも、市長の戦略だったと言われる。

「――何よりこの山口が感銘を受けたのは、殿山知事のご思想でした。知事はお身内に重い障害を抱える御令姪様《ごれいめいさま》をお持ちの経験から、健常者も障がい者も等しく幸福に暮らせる都市を、という博愛の精神を持って邁進され――」

障がい者、という単語に、つい視線が聴衆席を向いた。

探す気はなかったが、目が磁石のように中の一人にぴたりと吸いつく。

韮沢。

今日は正装で、限りなく黒に近い濃紺のワンピース姿は、どことなく喪服を連想させた。左右にいるのは母親と妹だろう。母親は気弱げで、失声症だという妹は幼かった。確か今年で九歳になると言っていたか。事故で陸上選手の夢を絶たれたばかりか、若くして父親代わりに家族を支える責任を担わされた韮沢の苦労は、容易に想像がつく。

ふと、韮沢と目が合った気がした。しかし向こうが気付かない素振りを見せたので、俺もそうする。

「思えば、殿山知事とこの都市の構想を練り始めたのも、私の秘書時代に遡《さかのぼ》る話でございまして――え、時間？　もう？　すみません皆さま、司会者からストップがかかってしまいました。どうも不肖山口、知事よりも長話してしまったようです。知事には常々、山口は口上が長いとお叱りを受けておりまして――」

その言い訳自体が長い、と殿山知事からツッコミが入る。会場に笑いが起こり、山口市長はおどけた仕草で頭を下げた。

「これは重ね重ね、失礼。では私の無駄話はこれくらいにして、いよいよ皆さまお待ちかね、この街の〈アイドル〉に登場して頂きましょう。さあさあ、どうぞこちらへ――」

市長がステージの袖に向かって手招きする。アイドル？　俺は首をひねった。そんな業界人らしきゲスト、楽屋裏にいただろうか。モグラみたいなマスコットキャラクターの着ぐるみなら見かけたが――。

「皆さま。こちらが殿山知事の御令姪様、『見えない・聞こえない・話せない』の三重苦を乗り越えた、令和のヘレン・ケラー、中川博美《なかがわひろみ》さんです！　どうぞ盛大な拍手を！」

呼びかけ通り、盛大な拍手。やがて介助者に手を引かれてステージに登場した女性を見て、俺はしばらくぽかんと口を開けた。


……アイドル？

俺は再度首の角度を深めながら、壇上の女性を見上げる。

いわゆる芸能人的な意味でのアイドルと呼ぶには、やや年齢が過ぎている気がした。三十路《みそじ》半ばくらいだろうか。容姿も特別目を引くというわけでもなく、限りなく普通だ。普段着で買い物かごを持ってスーパーを歩いていたら、周囲に溶け込みすぎてすれ違ったことにも気付かないに違いない。

いや……やはり、人目を引くかもしれない。登壇した彼女のやや不自然な動きを見て、考えを改める。顔は聴衆を向いていたが、視線が宙に向いていた。目が見えないのだ。

「『皆さん、こんにちは』」

マイクを通してスピーカーから声が流れる。喋ったのは当の女性ではない。隣にいる介助者の女性だ。

「『令和の、ヘレン・ケラーですが、平成生まれの博美です』」

場に、小さな笑いが起こる。

よく見ると、〈アイドル〉の女性はマイクを前に介助者と肩を並べ、介助者が手前に差し出した両手の指を、キーボードのように叩いていた。ちょうどピアノの連弾のような形だ。あれで言葉を伝えているのか。

「『ただいま、市長さんから過分なご紹介を頂いて、思わずステージの後ろで足がすくんでしまいました。私が〈アイドル〉とはお恥ずかしい限りですが、もともとは英語では何かを象徴する偶像、という意味があるらしいので、その解釈で甘んじて受けさせて頂こうと思います。山口市長、どうもありがとうございます』」

女性が貴賓席のほうに向かって会釈し、市長が慌てて立ち上がってピエロのようにぴょこんとお辞儀をした。また小さな笑い。

「『ただ、一つだけ……訂正を』」

彼女の指が続けて動く。

「『今、市長さんは私のことを〈三重苦〉と表現されましたが、正しくは〈三重障害〉です。私のこれは〈障害〉であっても、決して〈苦〉ではないのです』」

シーンと、場が静まり返る。

「『もちろん、面倒なことには変わりありませんけど。私の生活の一部を紹介しますと、朝、私の一日はまず時計を探すことから始まります。時計の針を指で触って確認できる、触読式の腕時計です。もちろん時計はいつも同じ場所に置いてありますが、私は寝相が悪いので、寝ている間に私のほうが行方不明になってしまうのです。

目覚ましアラームは私には何の役にも立ちませんので、起きる時間は気合一つにかかっています。朝起きて、起床時間を確認する瞬間。私はいつもこれが一番ドキドキです。今、何時？　八時？　九時？　あら、十二時――まだ夜中だったかしら。違う、昼の十二時だ！　どうしよう、午前中に人と会う約束があったのに！』」

どっと、堰を切ったような笑い。聴衆もだんだん彼女のペースに乗り始めたのだろう。介助者の女性のコミカルな語り口も、なかなか板についている。

「『ただ一つ助かるのは、本当に寝坊で遅刻しても、相手の方が大目に見てくださることですね。目覚ましの音も聞こえないのでは、まあ仕方なかろうと――ここだけの話、最近では振動で起こしてくれる性能のいい時計も出てきましたので、この言い訳もだんだん通用しなくなってきているのですが。でも、それは内緒』」

また、軽やかな笑い。

「『時間を確認したら、次は洗顔です。家の中の構造はだいたい把握していますので、洗面所までは余裕です。私はずぼらなので、たまに脱ぎ散らかした衣服に足を取られることもありますが、ちょうどいいので衣服はそのとき回収し、まとめて洗濯機に放り込みます。

そして洗面台に辿り着き、蛇口をひねる瞬間――この瞬間が、私は朝で一番好きです。なぜなら季節を感じるから。冬は刺すように冷たく、夏は人肌のように温《ぬく》い。この温度変化を文字通り肌で感じつつ、四季のある日本に生まれてよかったなあ、とつくづく私は思うのです。

そんなふうに感銘を受けた私は、手のひらに蛇口の水を浴びつつ、感動のあまりこう叫びます。〈ううう……ウォーター！〉』」

聴衆の半分ほどが笑い、あとは戸惑い気味の追従《ついしょう》笑いといった感じだった。最後の「ウォーター」は、おそらくヘレン・ケラーの逸話に掛けたのだろう。ヘレン・ケラーが井戸水を浴びて初めて「ウォーター」の意味に気付いた、という話を、どこかで読んだことがある。

「『最後のは、冗談』」

律儀にフォローを入れる。

「『これが、私の生活です。健常者の方から見ればさぞかし手間の掛かる生活でしょうが、私には日常すぎて、そもそも努力している意識さえないのです。これをいちいち〈苦〉などと思っていたら、とても生活できません。

それに、特に少数派だとも思いません。私のように視聴覚両方に障害を持つことを〈盲ろう〉と呼びますが、この〈盲ろう〉者は全国で二万人以上いらっしゃるそうです。ちなみに視聴覚障害を含め、体のどこかしらに障害を持つ〈身体障がい者〉の方は、全国で四百万人以上——え？　と思いますよね。日本の人口が一億二千万人くらいなので、実にその三パーセント以上が、何かしら体に難を抱える計算です。

百人いたら、三、四人は身体障がい者だということです。けれど普通に街を歩いても、そんな人はほとんど見かけないですよね？

障がい者人口のパラドックスです。理由はもちろん、それだけ障がい者の活動の場が限られているから。体の不自由を抱える者にとって、家の外はまさに〈障害〉だらけです。階段や段差、激しい車の往来、届かないエレベーターのボタン、聞こえない電車のアナウンス。そして何より、厳しい人の目や差別意識——』」

ふと、指の動きが止まった。〈アイドル〉の女性は宙を見つめたまま、穏やかに微笑《ほほえ》む。

「『ですが、この街は違います』」

再び指が動き出す。

「『きっとこの街では、多くの障害を持つ方の姿を見かけるでしょう。というのも、この街はもともと〈健常者も障がい者も等しく住みやすいよう〉設計されているからです。ちなみに障害があっても使えるようにすることを〈バリアフリー〉、障害の有無に関係なく誰もが等しく使いやすい設計を目指すのを〈ユニバーサルデザイン〉と呼ぶそうですが、この街の設計思想はどちらかといえば後者の〈ユニバーサルデザイン〉になるそうです。

例えば――ドローンの活用で交通量の減った地上の道路は、私のような障がい者にとって安全なだけでなく、足腰の弱い高齢者にも、通園・通学する子供やその保護者にも歓迎されることでしょう。どこにいても地下街のお店の情報がリアルタイムで手に入るこの街の情報システムは、私のような看板も読めなければ呼び込みの声も聞こえない者にとって大助かりなばかりか、効率的に買い物をしたい誰に対しても役に立つはずです。

私くらいの障がい者に使いやすいということは、おそらくこの街に住むすべての人にとって使いやすい――その意味で、私はまさしくこの街の〈アイドル〉なのです。

そして何より、この街には〈挑戦〉があります。私は困難に挑戦する人が好きです。その最たるものはもちろん、まだ障害への理解があまり進んでいなかった時代に、盲ろう者の学習の道を切り開いたヘレン・ケラーとアン・サリバン先生ですが――ほかにも、例えば』」

そこで彼女が介助者の手首を握り、少し前に持ち上げた。介助者の女性がえ？　とやや驚く顔をし、会場にもなんだろうという空気が流れる。

「『今更ですが、私が彼女に言葉を伝えるこの方法を見て、不思議に思われている方もいらっしゃるのではないでしょうか。手話でもなく、手のひらに文字を書くわけでもない、いったいあれはなんだ、と。

申し遅れましたが、これは盲ろう者のコミュニケーション用に開発された〈指点字〉というものです。両手の指を点字のタイプライターに見立て、キーを打つ要領でその指を叩くのです。

発案者はなんと日本人。福島令子《ふくしまれいこ》さんという方で、ご子息の福島智《さとし》さんは盲ろう者として世界初の常勤大学教員となり、現在は東京大学で教授を務めていらっしゃいます。書籍なども多く出版されていますので、ご存じの方も多いかと思います。

智さんはもともと弱視者でしたが、成長するにつれて完全に視力を失い、高校時代には聴覚まで奪われました。そんなある日、智さんがなかなか想いを伝えられないことにもどかしさを感じていると、急に令子さんがその手を取り、両手の指を上からババッと軽く叩いたそうです。

智さんは瞬時にそれを点字だと理解したと言います。〈指点字〉が生まれた瞬間です。私はこの逸話が、ヘレン・ケラーの〈ウォーター〉の話と同じくらい好きです。お母さまの深い愛情もさることながら、何かの困難に直面したとき、人は何度も失意や諦めの感情に襲われながらも、いつかは打開策を見つけ出す――そんな人間の無限の可能性を、強く感じさせてくれるからです』」

いつしか会場が、しんと静まり返っていた。俺も彼女の一言一句に耳を奪われる。壇上の彼女は虚空を見つめながら、世界全体に語りかけるように一心に指を動かし続ける。

「『かくいう私も、これまで多くの〈無理〉だと思ったことを〈できる〉に変えられるよう、努力してきました。この街でさらにどんな〈できる〉が待っているのか、今からワクワクしっぱなしです。この街には、人間の可能性を広げる創意工夫が溢れています。ほかの街では〈無理〉だったことが、ここでは〈できる〉に変わる――そんな魔法がかかっています。

〈無理〉を、〈できる〉に。私はこの街が、障害の有無を問わず、すべての人々にとっての希望になることを願います。以上、中川博美でした。ご清聴ありがとうございました』」

3

ドローンショーは無事終了した。最後のテープカットの儀式が済むと、セレモニーは万雷の拍手をもって閉会を迎え、ブラスバンド部の初々しい演奏の中、参加者が三々五々散っていく。

「さっきの人って、有名なんですか？」

俺は花村さんが関係者への挨拶回りから戻ってくるのを待って、訊ねた。

「ああ、中川さん？　みたいね。私もよく知らないけど」

見本市のブース見取り図を確認しながら、花村さんが答える。

「彼女、ユーチューバー」

ドローンショーの仕事から戻り、俺たちと再度合流していた我聞先輩が、カップ入りのかち割り氷をボリボリ嚙み砕きながら口を挟んできた。

「『博美のどうでもいい生活』ってチャンネルで、自分の暮らしぶりを配信している。登録者数は十万人を超えてたかな」

「へえ。それってすごいの？」

「十万人けすごいですよ。このプロジェクトが市民の支持を得たのも、彼女の人気があったからってもっぱらの噂です。

最近では地上波にも進出し始めていて、確か今夜も、彼女が生出演する番組があったんじゃないかな。ＷＡＮＯＫＵＮＩのＰＲも兼ねた、ローカル局のトーク番組。あと彼女は現知事の姪っ子だから、一部じゃ知事がプロジェクト実現のために、障がい者の身内を利用した、なんて噂も……。あ、あと嘘か本当かわかりませんが、彼女の人気にあやかろうと、選挙の出馬を打診している政党もあるそうです」

「へえ……」

若干きな臭い話になった。さきほどの感動にやや水を差された気分だ。が、彼女も生活があるわけだし、多少の営利活動はやむを得ないだろう。障がい者だからといって、善良な聖人君子のようなイメージを押し付けるのは身勝手な思い込みだ。誰だって霞《かすみ》を食べて生きていくわけにはいかない。

しかし――〈無理〉を〈できる〉に、か。

脳裏を、兄貴の横顔がよぎった。その台詞を兄貴の面影に重ねて嚙み締める一方で、ふと脇から、面影を押しのけるようにしてもう一つの別の顔が現れ、蔑むような目で俺を見下ろしてくる。

――韮沢。

「お疲れ。高木君」

そこで韮沢の声が聞こえて、ギクリとした。一瞬空耳かと思った。戸惑いつつ顔を上げると、そこにはまごうかたなき韮沢本人の姿がある。

幻覚？――いや、本物だ。

「お、おう……」

「よかったね、ドローンショー」

韮沢はさらに歩み寄りつつ、俺に向かって親しげに手を振ってくる。ちなみにセレモニー会場の出口は、今俺たちがいる場所とは別の方角だった。帰りがけに偶然見かけて声を掛けてきた、というわけではなさそうだ。

隣には例の幼い妹を連れていた。九歳と聞いていたが、間近で見ると小柄で痩せていることもあって、もっと年下に見える。妹は俺を見て隠れようとしたが、韮沢は妹の手を引っ張り、無理やり手前に引き戻した。嫌がる妹の肩を両手で押さえつけ、目を弓なりに細めて微笑む。

「妹も喜んでた。あれも、高木君が関係してるの？」

「いや……俺はただのヘルプというか……実際関わっているのは、こっちの先輩で……」

「そうなんだ。でも、同じ会社なんだから、すごいよね。すごいといえば、その前の演説も素敵だった。ほら……中川博美さんだっけ？　この街の〈アイドル〉の」

あまり感情の籠《こも》っていない声で、韮沢は一方的に喋り続ける。俺は何と返してよいかわからず、ただ黙って聞き手に回る。

「高木君、ああいうの、好きでしょ？」

韮沢は顔に能面のような笑みを貼りつかせて、言う。

「〈無理〉を〈できる〉に、とか。困難に挑戦、とか。お兄さんの口癖だと、なんて言うんだっけ……そうそう、『無理と思ったら、そこが限界』か。熱く語ってたよね。あの海のときも」

「いや……あれは……」

「本当に、いい言葉だと思うよ」

息つく間もなく続ける。

「だって事実でしょ。諦めない限り、失敗じゃないっていうのは。無理だと思わない限り、無理じゃないっていうのは。賭け事と一緒で、賭け続けている限り、それはまだ負けじゃない。だっていつか大勝ちして、それまでの負け分を一気に取り返すかもしれないんだから——」

そこで俺は、韮沢がこちらを見てさえいないことに気付いた。彼女の視線は俺の頭上を越え、ずっと遠くを見つめている。振り返ると、式典が終了したはずの壇上にはまだ人だかりがあった。その中心では例の〈アイドル〉が、ファンらしき人々の握手やサインの求めに応じている。

「ただ正直……困るんだよね」

韮沢の声に、淀んだ濁りのようなものが混じる。

「彼女みたいに、頑張りすぎる人がいると。ああいう人がいると、あれが基準になっちゃうじゃない。ほら、彼女を見なさい。あんな重い障害を抱えながら前向きに生きている人がいるんだから、あなたも頑張らなきゃ、って――みながみな、彼女のようになれるとは思わないでほしいな。もちろん尊敬はするけど、あんな人は、本当に特別。まさに〈アイドル〉。たいていの人にとってはね、高木君――」

ずいっと、韮沢がまたさらに一歩足を踏み出し、俺に顔を寄せる。

「無理なことは、無理なんだよ」

すっと顔を引き、ふっと笑った。「行こう。碧《みどり》」妹の手を取り、歩き出す。

その間、俺は一言も発することができなかった。花村さんや我聞先輩の奇異なものを見る視線を感じながら、ただ棒立ちで、黙って姉妹の去り行く背中を見送る。

「さっきの、元カノ？」

午後から始まるドローンの見本市のため、出展ブースで展示品の確認を行っていると、花村さんがもう我慢の限界といった様子で訊ねてきた。

「いえ……そんなんじゃないです」

「ふうん。ただの友達か。それにしては、何か訳ありって感じだったけど――あ」

チェック用に持っていた赤ボールペンの尻を、ピンと俺に向け、

「もしかして、『うざい』って言われたのって、彼女？」

「いや、その……はい」

「そっかあ。可愛い子だったけど、結構癖が強そうな感じだったよね。なに、連絡先でも聞こうとしたの？　駄目だよー。ああいうタイプの子は、あまりしつこくするより、もっと――」

「花村さん。これ、どこに置けばいいですか？」

我聞先輩が急に会話に割り込んできた。手に持ったドローンで花村さんの注意を引きつつ、俺に向かって「行け」というような視線を送る。珍しく助け舟を出してくれたらしい。これ幸いと、俺は尿意を催したふりをして現場を離脱した。去り際に先輩が得意げに親指

を立ててきたのがやや癇《かん》に障ったが、助かったことには変わりないので、その不快さについては不問とする。

歩きながら、頭の中にはずっと韮沢の台詞がループしていた。

――高木君が一番、うざかった。

――無理なことは、無理なんだよ。

迷惑……だったのだろうか。

迷惑だったのだろう。昔のことはもうあまり覚えていないが、きっと自分のことだ、あの海のときに「諦めなければまた走れるようになる」とかなんとか、無責任な励ましをしたに違いない。

疎《うと》まれて当然だ。なぜならそれは、本当に韮沢のことを思って言ったわけではないのだから。

俺はその言葉を、ただ自分に向けて言っていただけだ。

自省しつつトイレに向かっていると、途中で例の中川さんの姿を見かけた。介助者の女性と地下鉄ホーム直通のエレベーターに乗るところだった。我聞先輩が言っていた、今夜生出演するという番組の収録に向かうのだろう。

彼女は生き生きとした表情で、隣の介助者と楽しそうに「会話」していた。その様子を眺めつつ、俺の胸に、韮沢の「あんな人は、本当に特別」という台詞が、ずしりと重しのようにのしかかる。

ブースに戻ると、すでに花村さんの姿はなかった。我聞先輩一人が受付デスクに座り、出展用のドローンにパソコンを繋いで黙々と何かを調整している。

「……女子って、難しいよな」

隣のパイプ椅子に座ると、そう話しかけてきた。えっ、と戸惑い気味に見やると、先輩はニッとぎこちない笑みを返してくる。その笑い方に、これまでにない親しみを感じた。仲間意識を持たれてしまったらしい。

「男と女じゃ思考の回路が違うってのに、アイツら、なんでもこっちが察しろの一点張りでさ。それって男女不平等じゃねえ？」

「はあ……」

「なら、アイツらにはわかるのかね。飲み会で隣に座ろうとすると、あからさまに不自然に間にバッグを置かれる男の惨めな気持ち——あ、悪い高木。ちょっと機体を傾けてくれるか。ジャイロを確認したい」

「はい」

何か根深いトラウマでもあるようだ。普段より饒舌な先輩を前に藪蛇《やぶへび》をつついてしまった気分になりつつ、俺は調整作業を手伝う。先輩が弄っているのは、うちの社が今年発売予定のARIADNE《アリアドネ》シリーズの最新型だった。災害救助活動に特化したタイプで、多種多様かつ高性能なセンサーが売り。俺もテストパイロットとして開発に携わった。完全な受注生産なので、製品として完成したモデルは現時点では世界にこの一台しか存在しない。

「ところでさ、高木。お前、マッチングアプリって使ってる？　この前試しに始めてみたんだけど、今やりとり中の女が胡散《うさん》臭くてさ——えっ？　あ、まだ調整中なので……すみません」

急に先輩がよそいきの声を発した。受付に誰か来たらしい。見やると、Tシャツ姿の若い男性が去っていくところだった。その顔にはどこか不満げな表情が滲《にじ》んでいる。

「どうしたんですか？」

「いや、うちのドローンを飛ばしてほしいって……飛んでいるところを撮影したいから、って」

「どこの会社ですか？」

「ユーチューバーだよ」先輩は冷めた口調で、「それもたぶん、登録者が百人もいないようなビギナー個人勢。何でアイツら、カメラを持つと急に強気になるんだろうな。見本市で買う気もなく自分のチャンネルのために飛ばしてほしいって、それただの営業妨害だろ」

客じゃないのか。改めて会場を見渡すと、確かにビジネスマン風ではないカジュアルな姿の男女が目に付いた。みな一様にスマホのカメラを構え、何かを呟きながら歩き回っている。

「まあ、連中が群がるのもわかるけどな」先輩はドローンに何かのコードを繋ぎつつ、

「WANOKUNIプロジェクトは、ネットでもかなり注目されてるから」

「注目？」

「言っただろ、知事が身内の障がい者を利用したって噂があるって。ほかにも、とある政党が利権に絡んでいるとか、障がい者支援を装った悪徳団体が、手駒の人間に障害詐称させて支援金を掠《かす》め取っているとか……まあ、いろいろ」

そんな噂が……。俺はげんなりする。真面目に支援活動を行っている人々には迷惑千万な話だろうが、悲しいかな、人の善意を食い物にするような人間が存在するのもまた事実だ。

「それで連中は、ネタ探しに来ているってわけ。見本市はただのついでだろ。そういやさっきのセレモニーで、大物ユーチューバーの姿も見かけたぜ。誰だっけな。ゴシップ専

門の、ネッシーみたいな名前の――おい、高木」

するとそこで、いきなり先輩の棘《とげ》のある声が飛んだ。俺は気重に訊き返す。

「なんですか？」

「女のことで落ち着かないのはわかるが、貧乏ゆすりはやめろ。センサーの数値が乱れる」

「え？　してないですが」

「しているだろ。ほら見ろ、機体が揺れている」

「いや、俺じゃないです。というか、これって――」

そこで、気付いた。

周囲の物が、細かく振動していることに。

思わず立ち上がる。あたりを見回すと、目に入るあらゆるものが揺れていた。ブースの衝立《ついたて》が、立て看板が、日避けのテントや照明を支える鉄骨の支柱が、まるで一斉にひきつけでも起こしたようにガタガタ体を震わせている。

机上の文房具が、ポロポロと床にこぼれ落ちた。後を追うように落ちそうになるドローンを、咄嗟《とっさ》に手で支える。

「何だ、これ――地震？」

「でかいぞ！」

先輩が叫ぶ。

次の瞬間、ガクガクッと衝撃が来た。

激しい縦揺れ。あちこちから悲鳴や地震速報のアラーム音が上がり、俺も立っていられずドローンを抱えてその場にしゃがみ込む。

その後に襲ってきた横揺れは、数十秒ほど続いただろうか。体感的には数分。やがて揺れが収まると、「いてて……」と近くからまず声が聞こえた。ノートパソコンを胸に抱えた先輩が、痛そうに後頭部をさすりながら起き上がる。同僚の俺より何より大事な相棒のパソコンを、身を挺して守ったらしい。

次いで身を起こしたところで、思わず瞠目《どうもく》した。

会場は惨憺《さんたん》たる有り様だった。あちこちで衝立や支柱が倒れ、うめき声や助けを求める声が聞こえる。中には流血している人もいた。

「おい、誰か！」

入り口で叫ぶ声がした。目線ほどの高さの生垣の向こうに、煙が上がっているのが見える。

事故か？　先輩と顔を見合わせ、それぞれ機器を置いて走り出す。

会場の外に出ると、横転しているバスが見えた。後部から煙が上がっているが、中にはまだ乗客が取り残されている。危ない。救助に駆け寄ろうとすると、「待て！」と先輩に肩を摑まれる。

「見ろ、高木――あそこ」

言われるままに目を向けた俺は、ぎょっと立ちすくんだ。

道路に、大きな亀裂が走っていた。

4

『本日午後零時四十一分、東海地方で最大震度六強を観測する地震が――』

『震源地はX県東部で、震源の深さは五十四キロ。マグニチュードはおよそ7・2と推定され――』

「担架！　担架通るよ！　場所を空けて！」

『各地の震度は以下の通りです。震度六強、X県S市。震度六、X県M市、R市、T市、Y県N市、B市、C市――』

「ただいま、気温は三十一℃を超えております。熱中症にご注意ください。飲料水と保冷剤は小学校休育館前のテントで配布しております──」

熱気の立ち込める館内に、ニュースや怒号、アナウンスの声などが飛び交う。

体育館は野戦病院さながらだった。床にはマットを敷いただけの簡易病床が並び、その間を腕章付きのスタッフたちがせわしなく走り回っている。

もちろん街には最新設備の病院があるが、建物も一部罹災し、大量発生した急患たちを収容しきれなかったらしい。救助の手の数も足りず、俺たちタラリア社の三人も急遽ボランティアとして現場を手伝っていた。いくらマットを増やしても応じきれない患者の列に、被害の甚大さを思い知る。

「すごい怪我人ですね」

思わず呟くと、花村さんが険しい表情で額の汗をぬぐった。

「地下の被害が大きかったみたい。いろんなところで崩落が起きて、火災も発生しているって」

「地下って、地震対策はされてなかったんですか？」

「そんなことはないと思うけど……」

「活断層だよ」

我聞先輩が答える。

「地下っていうのは、もともと地震に強いんだ。建物が地盤と一緒に動くからな。それでも今回これだけ被害がでかくなったのは、たぶんこの地震が地盤自体を破壊する、いわゆる『活断層地震』だったから。地滑りが起きて、地下の構造物を剪断《せんだん》したんだ。レンガ割りみたいにな」

俺は道路の亀裂を思い出した。そういえば計画が頓挫していた原因の一つに、確か活断層の問題があった。計画に再びGOサインが出たということは、その問題は当然解決されていたはずだが――やはりそこには、強引な政治の介入でもあったということだろうか。

頭に包帯を巻いた中年女性が、別のスタッフに連れられてきた。即座にウレタン製のマットを敷き、彼女をそこに誘導する。マットもスペースも、いよいよ残り少ない。足りるだろうか。

「――ん？　何か鳴ってない？」

花村さんの声が上がった。音が荷物置き場の自分の鞄から出ていることに気付き、「俺です」と手を挙げる。駆け寄って中のスマホを取り出し、画面を確認したところで、つい眉をひそめた。通話とメッセージアプリの両方に、鬼のような着信が入っている。

「誰？　会社から？」

「いえ……家族です。母親が心配して、電話を掛けてきたみたいで」

「え、まだ連絡取ってないの？　駄目じゃない。早く出てあげて」

「はい。すみません」

　そそくさとその場を離れる。歩きながら電話を折り返そうとして、少し考え直し、メッセージアプリで自分の無事を文章で伝えるだけに留めた。まだ精神が不安定なところがある母親は、下手に会話すると逆に神経を刺激し、さらなるパニックを引き起こしてしまう懸念がある。メッセージの内容からは実家は無事なようだし、今は家庭のことにあまり時間を割いていられない。

　手伝いに戻ろうとしたところで、ふと視界に濃紺のワンピース姿の女性が映った。

　韮沢だ。特に怪我をしている様子はない。ただ顔には焦りの色が浮かび、近くの人を呼び止めては何やら質問している。

「すみません、妹を見ませんでしたか。緑のヘアバンドを着けた、小学生の女子です。そうですか、ありがとうございます。すみません、妹を見ませんでしたか。緑のヘアバンドを着けた、小学生の女子です。そうですか、ありがとうございます。すみません、妹を見ませんでしたか――」

「韮沢！」

　声を掛ける。韮沢がこちらを向いた。俺を見つけると、もつれる足取りで駆け寄ってくる。

「高木君――碧、見なかった？」

「碧って、妹か？　いや、見てないけど――」

「そう」

韮沢が踵《きびす》を返す。俺は慌てて彼女の腕を摑んだ。

「待てよ。妹と、はぐれたのか？　どのへんで？」

「わからない」韮沢は泣きそうな顔で、「ずっと、手を握っていたつもりだったんだけど。地震が起きて、お母さんを庇《かば》って逃げてたら、いつの間にかいなくなってて。地震で事故の記憶がフラッシュバックしちゃったみたい。私がいけないんだ。私がもっと、しっかり握っていれば――」

「落ち着けよ。何か探す手がかりはないのか？　スマホのGPSとか」

「碧はスマホを持ってない。すぐ忘れて失《な》くしちゃうから、渡してないの。代わりにGPS付きの腕時計をさせているんだけど、屋内にいるのか、反応がなくって――」

そこで、周囲から悲鳴が上がった。

足元に振動。余震だ。韮沢がふらつき、俺は摑んだ腕に力を籠める。

今度の揺れは小さく、十秒くらいで収まった。安堵の空気が広がるが、一部で子供の幼い泣き声が上がる。

わあああーん──。

反射的にそちらを向いた。女児の泣き声だ。その子供がヘアバンドをしていないか確かめようとして、韮沢の奇妙な笑みに気付く。

「碧は、叫べないから」

ハッとする。そうか。失声症──。

「それって、悲鳴も出せないのか？」

「うん。泣くときも、ひゅうひゅう風みたいな音を出すだけ。碧は話せないんじゃなくて、声そのものが出せない。それが失声症」

失語症とは違うのか。両者の違いなど意識したことさえなかったが、しかし──声が出せない。それがこの状況下でどれだけのハンデとなりうるか、今更ながら俺は気付く。

もしも彼女が、瓦礫《がれき》の下にいたら？　どこか閉ざされた家屋の中で、怪我をして動けないでいるとしたら？

どうやって彼女は、自分の存在を周囲に知らせることができるだろうか。兄貴のときとは逆だ。声が届かないんじゃない。自分から声を発せない。仮にどこかで自分を呼ぶ声が聞こえても、もどかしくただその場でじっと助けを待つだけ。そんなんじゃ──。

「そんなんじゃ、役に立たない……」

「なに？」

俺がふと漏らした呟きに、韮沢が怪訝な顔で訊き返す。

「いや」

言葉を濁し、花村さんのほうを振り向いた。

「すみません。俺、ちょっと――」

「うん。聞いてた。いいよ、行って」

医療センターにも寄ってみたら、とアドバイスも受ける。礼を言い、歩き出した韮沢のあとを追った。韮沢はちらりとこちらを見て、「ありがとう」と呟く。俺は頷き返すと、妹の写真をスマホに転送してもらい、韮沢と二手に分かれて捜索を開始する。


韮沢の妹は二十分ほどで見つかった。若い夫婦が建物の中でうずくまっている彼女を見つけ、病院の駐車場に急設された医療センターまで送り届けてくれたらしい。受け付けた担当者も彼女の名前などを確認しようとしたが、一言も喋らないので地震のショックで意識が混乱しているものと思い、回復するまで様子を見ようとしていたそうだ。

親切な人に見つけてもらってよかった。韮沢が号泣しつつ妹を抱きしめるのを見届けて、そっとその場を離れる。体育館に戻ると、マットはステージ上まで達していた。いよいよ限界が近そうだ。

壇上にいた我聞先輩が俺を見つけて、訊いてきた。

「どうだった？」

「はい。無事見つかりました」

「そうか。ならよかった――おーい、花村さん。高木、戻ってきました」

ステージ袖に声を掛ける。幕の陰から、花村さんが顔を出した。花村さんはスマホで誰かと喋りつつ、気難しげな表情で俺に声を掛ける。

「ちょうどよかった。高木君。ちょっとこっち来て」

我聞先輩とともに花村さんに連れて行かれたのは、小学校の校舎一階だった。

一年三組と札のついた教室のドアには、「緊急災害対策本部」という仰々しい張り紙がしてある。入ると、中はスーツ姿の男女や制服姿の消防、警察といった面々でひしめき合っていた。まだ現場が混乱しているのか、狭い教室に怒号のような声が飛び交う。

花村さんは彼らの間を横切り、奥のホワイトボードで仕切られた一角に向かった。そこでは十人近くが、ボードに映った見取り図のようなものを前に、何やら議論していた。大半が消防の制服を着ていて、あとは警察署のロゴ入りヘルメットをかぶった数人に、事務方のようなスーツ組。俺たちが近づくと、ジロリと一斉に値踏みするような目が向けられる。

一瞬気後れを感じたところで、ふと一人の消防官と目が合った。その消防官はニッと笑うと片手を挙げ、どうも、とくだけた調子で俺に挨拶してくる。

「お久しぶりです。高木教官」

あ、と俺は足を止めた。

「どうも、火野《ひの》さん。お久しぶりです。ドローンの調子はどうですか？」

「ああ――まあ――ぼちぼち、です」

彼は、火野誠《まこと》さん。

S市の消防署に勤める消防士長で、精悍な顔つきをした三十代だ。

うちの会社のドローンは、産学連携による国産ドローンということもあり、全国の消防署にも広く採用されている。その縁で、うちのスクールを受講しにくる消防官も多かった。火野さんもその一人で、つい先月、俺がレクチャーしてドローンの民間資格を取得したばかりだ。

彼のオレンジの消防服の胸元には、「S市中央消防署・WANOKUNI出張所」というロゴがあった。オープンに合わせてここに配属されたらしい。顔見知りがいたことにやや安堵しつつ、輪の中に足を踏み入れる。

輪の平均年齢は高く、俺と我聞先輩を除いたら、ほかに二十代くらいの若手は、火野さんと同じオレンジの消防服を着た小柄な女性くらいだった。あとは全員年上。いやに空気が重い。

「――これ、何の相談ですか？」

「あれ？　聞いてない？」

火野さんが顎をしゃくる。

「あいつを、どうデビューさせるかって相談」

そこで初めて、輪の中心にある赤銅色《しゃくどういろ》の物体の存在に気付いた。

アリアドネンリーズ第三世代、ＳＶＲ‐Ⅲ。

見本市に出展予定だった、例の機体だ。

俺は驚く。世界に一台しかないはずのこれが、なぜ今ここに。地震のあと、盗難防止のために会社の軽バンに戻して保管していたはずだが。

「今から、説明するから」

俺の困惑の眼差しに花村さんはそう短く答えてから、手前の一団に向き直る。

「お待たせしました、皆さん。こちらがさきほど話しました弊社の社員、高木春生です。まだ入社数年ですが、一等無人航空機操縦士の国家資格を持ち、弊社のスクールでもインストラクターとして指導しています」

注目を浴び、戸惑いながらも頭を下げる。何だ、この紹介？　首を傾《かし》げる俺の耳に、誰かの問いかけが聞こえる。

「では、この機体の操縦も？」

「はい。彼が一番慣れています。開発機のテストパイロットを務めたのも彼でした」

俺がこのアリアドネシリーズの機体と初めて対面したのは、まだ大学在学中のころだ。

災害救助、という単語が目に留まったというただそれだけの理由でインターンに応募した俺は、体験講習でドローン操縦の勘の良さを認められ、テストパイロットに起用された。そのままアルバイトがてら開発機のテストに付き合い、なんやかんやで関わっているうちに、気付いたら入社していた——という流れだ。我聞先輩と知り合ったのもそのころで、ことこのアリアドネシリーズの操縦に関しては、社内でもトップクラスだという自負はある。

「ちなみに、自分の指導教官も彼です」

火野さんが背後から俺の肩を揉みつつ言う。火野さんの上司らしき、水色ワイシャツにスラックス姿の五十代くらいの男性が、じっと俺を見た。こちらも小柄で、温和そうな顔をした中年男性だが、目つきが鋭い。

「わかりました。では操縦は、うちの火野とその彼のコンビに任せましょう」

「了解です」花村さんが答える。「まもなく弊社の法務部から免責事項の確認書類が届くと思うので、そちらにサインをください。それで今後の体制ですが――」

「ちょ、ちょっと待ってください」一向に始まらない「説明」に、俺はたまらず訊ねる。

「その……アリアドネを使うってことは、つまり……」

「想像の通りよ」

想像の通り――。

アリアドネシリーズは、災害救助活動でも特に、遭難者の発見に注力した機体だ。

海。山。火災や水害。そういった事故や災害の現場には必ずと言っていいほど、発見困難な遭難者や行方不明者が発生する。そこで活躍するのがドローンだ。地上からは目視できない高台や遮蔽物の奥、波の高い沖合、二次災害の危険がある崩落現場など、有人ではアクセスしづらい場所に接近し、捜索活動を行うというのが当シリーズの開発コンセプトである。

そのためアリアドネは、高性能で多種多様なセンサーシステムを搭載している。フロントと底面の二か所にある、８Ｋの高解像度とズーム機能を備えた二台の「光学ズームカメラ」。複数マイクで音を収集し、音源の位置まで特定できる「マイクロフォンアレイ」。遭難者の体温を感知し、夜間や暗闇での捜索活動を可能にする「赤外線サーモグラフィ」。レーザーパルスにより物体の位置を測定し、３Ｄマップの作成や自己位置推定を行う「Ｌ・ｉＤＡＲ《ライダー》　ＳＬＡＭ《スラム》」。

人体でたとえるなら、「光学ズームカメラ」が目、「マイクロフォンアレイ」が耳、「赤外線サーモグラフィ」が温度感覚、「Ｌ・ｉＤＡＲ　ＳＬＡＭ」が空間認識能力といったところだろうか。もちろん口となる「スピーカー」もあれば、照明用のＬＥＤライトや衝突防止機能、フェイルセーフなど、ドローンの標準的な機能は一通り実装している。

またこのＳＶＲ−Ⅲには、さらに特筆すべき機能があるのだが――それはさておき、ここにきてようやく俺にも話が見えてきた。この最上級《ハイエンド》モデルの機体を使い、安否確認が取れない要救助者を捜索するのだ。

「現在、地下は一刻を争う状況になっています」

水色ワイシャツの中年男性が、落ち着いた声で話し出す。

「ＷＡＮＯＫＵＮＩは地下五層までありますが、今回の地震でそのすべてのフロアがほぼ壊滅状態です。全域にわたって建造物が崩落・倒壊し、地下一層の商業フロアと二層のオフィスフロアでは火災が発生。最下層の交通フロアでは地下湧水による浸水も始まっています。地下三層の生産フロアと四層のインフラフロアは今のところ崩落被害だけですが、ここは発電所やガスタンク、工場などの重要施設があり、階上の火災や階下の浸水が到達すれば、さらなる被害は免れない。二次災害も時間の問題です」

「下は大水、上は大火事ってやつよ」

火野さんが茶化すように言い、不謹慎ですよ、と隣のオレンジ消防服の女性にたしなめられる。

「もちろん、地上からの救助作業は現在も行っているが」

警察の夏服を着た強面《こわもて》の男性が、横から口を挟む。

「正直、難しい。救出作業は警察と消防総出で行っているが、かなり難航しているというのが実情だ。さきほどようやく知事の出動要請が出たので、自衛隊の災害派遣部隊もまもなく到着するだろう――が、仮に地上口の瓦礫の撤去作業が進んでも、地下の火事が収まらない限り、こちらは中に救助隊を送り込むことさえできない」

そんな状況なのか。改めて事態の深刻さに戦慄する。いったい被害者や被害金額はどのくらいに及ぶのだろう。計画を推し進めた知事の責任問題は免れない。

「しかし聞くところによると、この地下には『ドローン専用通路』があるそうですね」

水色ワイシャツの男性が会話を引き継ぐ。

「なんでも『チューブ』と呼ばれているとか。我々もまだ赴任したばかりで、街の構造に不慣れなのが申し訳ない限りですが。調べたところ、幸いにもこの『チューブ』はまだ生きているようです。もちろん崩落箇所はありますが、地下全体に網の目のように張り巡らされているので、無事な部分を繋げば何とかどのフロアにも到達できるそうで……ロバスト性、というんですか」

その説明で、ようやく話の全貌が理解できた。つまりこれは、瓦礫や火災で地下に入れない救助隊に代わり、ドローンで地下を捜索してきてほしい、という依頼らしい。

「了解です。この機体で『チューブ』を通って、地下を捜索してくるということですね。あれ？　でもドローンなら、確かそちらの消防署にも……」

「すでに三機、現場に投入済みですが」

水色ワイシャツの男性がじろりと火野さんを睨んで、

「どれも途中で、機体をロストしてしまいました。なにせパイロットの腕が未熟なもので」

火野さんがへへっと誤魔化し笑いをし、ぴゅうと白々しく口笛を吹いた。——さきほど「ドローンの調子は」と聞いて、曖昧な返事だったのはそのせいか。

「わかりました」

俺は頷く。

「屋内は操縦が困難なので、普通の機体だったら自分でも難しかったと思います。ただ……地下三層以下はともかく、火災が起きている地下一、二層の捜索となると、この機体でも厳しいかもしれません。ＳＶＲ－Ⅲは耐熱仕様ではないので」

「捜索場所は、ほぼ見当がついているの」

花村さんが俺の意見に答える。

「地下五層の、地下鉄『ＷＡＮＯＫＵＮＩ』駅ホーム付近。この一帯にいるはずの行方不明者を一名、探して出してほしい」

「え？　一名？　それだけ？　ほかには？」

「それだけよ。この街の住民や訪問者《ビジター》の情報は、一人一人に配布されたＩＤで一括管理されている。そのＩＤはスマホやスマートウォッチの通信で取得できるから、死傷者や瓦礫の下で救助待らの人も含めて、ほぼ全員所在の確認はできているの」

俺はやや拍子抜けしつつも、なるほどな、と思った。そこはさすがに、スマートシティの面目躍如といったところか。

「今のところ連絡が取れないのは、その地下五層にいる一名のみ。当時一緒にいた人の話では、地震直後に起きた崩落や浸水の影響で、その人だけ地上に向かうエレベーターに乗り遅れたみたい。駅はゲートレスで、改札を通過すれば顔認証で自動精算される仕組みなのだけど、問い合わせたところ、駅を出た記録は確認できなかった。だから、ホーム内にいるのはほぼ確実だと思う。

あと、目的は発見だけじゃない。見つけたら、要救助者に救援物資を渡して、ひとまず安全な場所まで誘導してほしい」

花村さんがホワイトボードに近づく。そこにはプロジェクターでパソコンの画面が投影されていた。地下の見取り図のようで、五層に分かれたマップが、斜め上から見た視点でデパートのフロアガイドのように縦に並べて表示されている。

「要救助者がいると思われるのが、ここ。地下五層の地下鉄ホーム」

マップの最下層を指さす。

「首尾よくここで発見できれば、次に向かうのはこっち、地下三層にある緊急避難シェルター。このシェルターは地下火災時などの避難場所として設置されたもので、ひとまずここに逃げ込めさえできれば、火災や浸水は凌げる。食料などの備蓄もあるから、あとは救助隊の到着を待ってもらうだけ」

続いて花村さんはホワイトボード脇のノートパソコンに手を伸ばした。手慣れた様子で

誘導ルート（全体マップから抜粋）

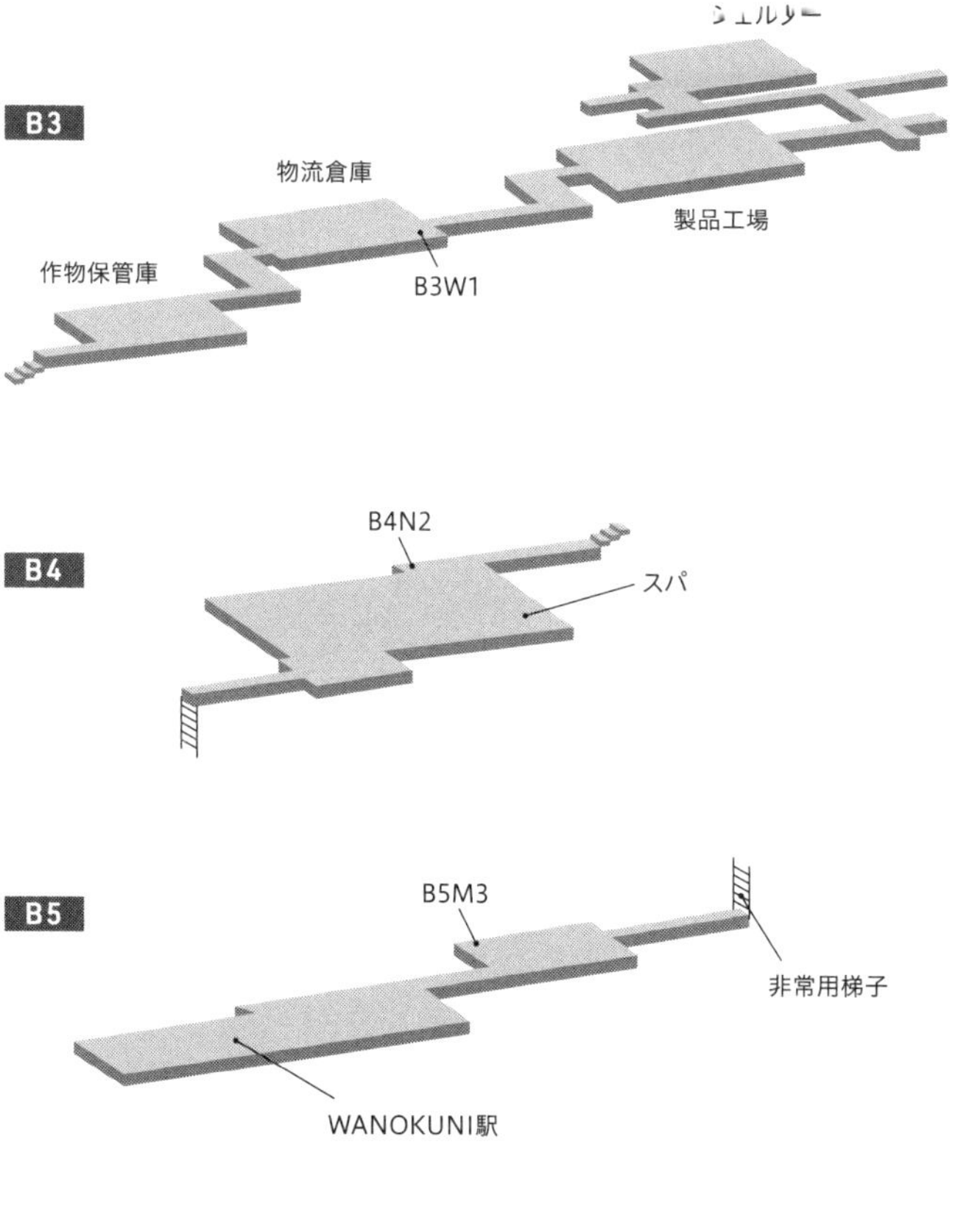

操作し、マップの一部を拡大表示する。ちなみに彼女は理工学部出身のリケジョで、この手のプレゼンテーションは慣れたものらしい。

「駅からシェルターまでの距離は、延べにして約二キロ。誘導の順路としては、まずこの駅近くの充電ポートを出発して、非常用梯子《はしご》で第四層に移動。温水設備エリアのスパ施設を通過し、その先の階段から第三層へ。それから水耕栽培エリアの作物保管庫、流通エリアの共同物流倉庫、工業エリアの製品工場などを経由して、避難シェルターへ――という流れよ」

解説とともに、マップに緑色の線が追加される。すでに誘導ルートまで策定されているらしい。その手際の良さに感心しつつも、俺はふと浮かんだ疑問を差し挟む。

「もっと近くに、避難場所はなかったんですか？」

「駅から安全に辿り着けるシェルターの中では、ここが一番近い場所よ。というか、偵察に飛ばしたドローンでは、このルートしか確認できなかった」

そういえば、ドローンを三機失ったって言ってたっけ。おそらく地下はろくな通り道もないほど、惨憺たる有り様なのだろう。むしろ全機を失う前にルートを見つけられただけ、運が良かったのかもしれない。

「あともう一つ、重要な点ですが」

水色シャツの男性が、穏やかな口調で言葉を挟む。

「この救出には、時間の制約もあると考えてください。おおよその見積もりですが、今の地下水の水位上昇ペースだと、あと六時間ほどで第三層の床まで浸水します」

「六時間で……床まで？」

「もちろん床まで浸水しても、すぐには溺れません。ですが、もし水が床下から三十センチも溜まれば、水圧でシェルターのドアが開かなくなる。ですから、ひとまず六時間を目安に思って頂きたい」

時間制限まであるのか。一瞬尻込みするが、少し冷静に考え、それはたいした制約ではないと思い直した。一般に人の歩く速度は、だいたい時速三キロから四キロ。ゴールまでの延べ距離が約二キロなら、ゆっくり歩いても一時間でお釣りがくる。

説明を聞き終えて、少し肩の荷が軽くなったのを感じた。要救助者は特定されているし、捜索場所も限定されている。しかも人数はたった一人だ。発見はそこまで難しくないだろうし、相手が大怪我でもしていなければ、時間内の誘導もさして手間ではない。

しかし……それにしては、ここにいる面々が一様に重苦しい表情をしているのはなぜだろう。

ふと気になり、訊ねた。

「そういえば……その要救助者って、どんな人なんですか?」

次の瞬間、あたりが異様な沈黙に包まれた。

誰もが俺から目を逸らす。火野さんが苦笑いで、ぽりぽり顎の下を掻いた。花村さんに問う目を向けると、彼女はしばらく手元の書類に目を落とし、返事代わりにふうと長いため息をつく。

「要救助者は」

やがて、答えた。

「中川博美さんよ」

II

第一接触

First Contact

突然あたりの様子は変りました。太陽の暖かみは失せ、私にとっては光に等しい熱気が大気からすっかり失くなったので、空は真暗になったことがわかりました。土から変な匂いが湧き上がり、私はこれがいつもの雷の前触れの匂いだということを知っていたので、言うに言われぬ恐怖に胸を締め付けられました。私はまったく一人きりで、友達からも、どっしりした大地からも遮断されたように感じました。

――「ヘレン・ケラー自伝　私の青春時代」ヘレン・ケラー著

1

現在位置：地下五層WANOKUNI駅（詳細不明）
シェルターまでの距離：2000メートル以上
三層浸水まで：5時間50分

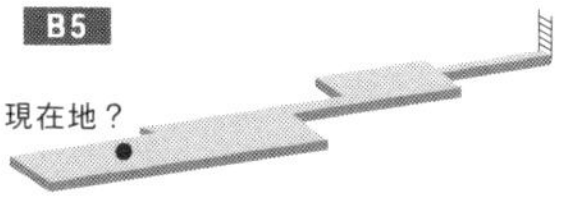

動画の中で、一人の女性が楽しそうに料理をしていた。

場所は生活感溢れる狭いキッチン。ＩＨ調理器上のフライパンで、醤油で飴色《あめいろ》になった豚肉の小間切れを炒めている。

映像の外から、撮影者らしき女性の声が聞こえた。

「今日も美味《おい》しそうですが、博美さん。最近お肉ばかりで、ちょっと緑が足りなくないですか？」

声と同時に画面の端から撮影者の手が伸び、調理中の女性の背中を指でなぞる。「緑は？」と書いたらしい。すると調理者は笑顔を返し、片手で何かの仕草をする。撮影者のクスッと笑う声。

「見えないので、彩りはどうでもよいそうです」

続いて調理者の口が動いた。何か喋ったようだが、不明瞭で聞き取れない。撮影者も「なんて？」と笑って訊き返し、背中にはてなマークを書く。

「メロン？　ああ、視聴者さんからこの前頂きましたね。美味しかったですね、あれ――んん？　まさか博美さん、メロンを緑にカウントしてるんですか？　駄目です、メロンはデザートです――」

撮影者の声は聞き覚えがあった。オープニングセレモニーで通訳をしていた女性だ。普段から仲がいいのだろう。単なる仕事相手以上の親しさを感じる。

「ちなみに今、視聴者さんから『博美さんは喋れるんですか？』というコメントを頂きました。はい、喋れますよー。彼女は言葉を覚える前に盲ろうになったので、喉の振動を指で感じ取りながら発音を学んだそうです。そんな彼女の得意な言葉は――」

また撮影者が背中に文字を書く。すると調理者はニコッと笑って、突然こぶしを突き上げた。

「えいえい、おー！」

今度は明瞭な発音。

「『ア行』の言葉です。母音は発音しやすいので、好きらしいです。逆に苦手なのはサ行の言葉で――」

それから話題は発音に移る。別の視聴者のコメントをきっかけに、いつの間にかア行の単語探しが始まった。「多い」「ＡＩ」「居合」「青い絵」――。

「高木。音声の取り込み、終わったぞ」

声を掛けられ、ふと我に返った。スマホから視線を上げると、神経質で不機嫌そうな我聞先輩の横顔が、すぐ目の前にある。

「音源、役に立ちそうですか？」

「どうだかな。ひとまずアプリの認識率は、数パーセントほど上がったが」

俺たちが見ていたのは、例の要救助者――中川博美さんが、ネットに投稿した動画だった。

彼女はユーチューブに「博美のどうでもいい生活」というチャンネルを開設していて、日々の暮らしを赤裸々かつ面白おかしく綴っている。

その音声をリンプルとして取り込んでおけば、と提案してきたのは花村さんだった。

先述の通り、このアリアドネシリーズ最新型、ＳＶＲ‐Ⅲには、本機体ならではの特筆すべき機能がある。それは「音響分析」機能だ。

当機体には「音」を頼りに遭難者を捜索するための、様々な分析機能——音源の位置を特定する「三次元音源位置推定」、音源が何かを予測する「音源同定」、特定の音源を分離・抽出する「音源分離」など——を持つ専用のソフトウェアが用意されている。環境音から人の声を抽出することも可能で、その認識精度はオリジナルの音声データを取り込むことで向上するため、俺たちは投稿動画から彼女の音声を抜き出して、パソコンに学習させていたのだ。

——災害救助の場において、「音」は非常に重要だ。

例えば「サイレントタイム」といって、地震や土砂災害のときなど、ヘリのローターや車のエンジンを止めて一時的に周囲を無音にする場合がある。そうして現場の音に耳を澄ませ、瓦礫の下からかすかに響くうめき声や、蚊の鳴くような助けを求める声を聞き取るのだ。

その手法を最先端の技術を駆使して実現したのが、ＳＶＲ－Ⅲだった。ちなみに「アリアドネ」の名前は、ギリシア神話に出てくるアリアドネという女性からきている。神話の英雄・テセウスは、かの有名な怪物「ミノタウロス」を退治する際、彼を慕うクレタ島の王ミノスの娘・アリアドネから渡された糸玉を使って、怪物の棲む迷宮を脱出する。その逸話から生まれたのが「アリアドネの糸」という言葉で、何か困難な状況に陥った際、解決の道しるべとなるものを意味する。

そしてSVR－Ⅲは、まさに「糸」代わりに要救助者の発する「音」や「声」を道しるべとして、救助に赴く――いわば「アリアドネの糸」ならぬ、「アリアドネの声」だ。

この機体の開発計画をインターン時に知ったとき、宿命だと思った。

兄貴の声を聞き取れなかった俺が、唯一この世でできる贖罪《しょくざい》と鎮魂の方法。それがこの会社に就職した理由の一つでもある。

オリジナル音声を取り込んだことで認識率は上がったが、先輩の返事はどこか煮え切らなかった。数パーセントの認識率の上昇に、どれだけ意義があるのかを疑っているのだろう。

と、いうより――その機能を使うチャンス自体、はたしてあるのかどうか。

そもそも要救助者は今、声を出せるような状態なのか。

もっとはっきり言えば――彼女は今、生存しているのか否か。

地震発生時に中川さんと一緒にいた、通訳兼介助者の女性――名前は伝田《でんだ》志穂《しほ》さん――の話では、彼女たちは当時、やはりテレビ番組の収録のために市外へ地下鉄で向かうところだったらしい。ホームで待っていたところ、地震が起き、パニックの中で二人ははぐれてしまった。もちろん伝田さんは中川さんを探そうとしたが、避難誘導する駅員に無理やりエレベーターに押し込まれ、そのまま地上まで連れて行かれてしまったという。

つまり伝田さんにも、中川さんの最後の状況はわからない。彼女の障害のことを考えるとかなり危険な状況であることは確かだが、かといって生存は絶望的というわけでもない。絶望も何も、なにせ地下の様子がほとんどわからないのだから。

消防署の救助隊はすでに何機かドローンを地下に送り込んでいたが、探索中にどれもロストしてしまっていた。各所に設置されている地下の防犯カメラも、崩落や浸水の影響で大半が使い物にならなくなってしまっている。

「彼女、三重障害って聞いたけど」

俺が早く出発の準備ができないかヤキモキしていると、我聞先輩が画面を見つめながら言ってきた。

「普通に、話せるんだな」

「あ、はい」

俺は動画に再び目を向けつつ、

「発音が難しい、ってことじゃないですか。コミュニケーション自体は、例の〈指点字〉などを使ってできるようですし」

「それって『話せない』に入るのかな。『話せない』って聞くと、俺はどっちかっていうと言葉が出てこない状態を連想するけど。失語症とか認知症とか」

「それは、まあ……。でも、発音が伝わりにくいのは普通にデメリットだし、そのへんは一般にわかりやすい表現を選んだ、ってことじゃないですか。三って切りのいい数字ですし」

「盛った、ってことか」

言い回しに、やや反感を覚えた。だが、先輩の言い分もわからないでもない。脳裏にふと韮沢の妹のことが浮かび、話せない、というのはまさにああいう症状を言うのだろうと思った。あれに比べたら確かに「盛っている」のかもしれない。

ただ何にせよ、彼女が発声できるのはこの状況ではアドバンテージだった。アリアドネの「音響分析」機能が活かせる。韮沢の妹のときに感じたような「役に立たない」という無力感は、今回はない。

「まあ、人りっていうのは、わかりやすいラベリングが好きだからな」

先輩が斜に構えた口調で言う。

「陽キャだとか陰キャだとか、パリピーだとかオタクだとか……。今更批判することでもないか」

何と答えようか迷っていると、教室のドアが開いた。オレンジの消防服を着た女性が入ってきて、凜《りん》とした口調で告げる。

「高木さん、我聞さん。出発の準備、できました」

目と鼻の先に、ぽっかりと井戸のような穴が開いていた。

小学校の給食室の勝手口近くにある、敷地の一角。安全のため、四方には有刺鉄線付きのフェンスが立てられている。

ドローン専用地下通路、「チューブ」の地上搬出入口《はんしゅつにゅうぐち》。

この「チューブ」を通して、地下で生産された物資は街の隅々まで配送される。いわばこの街の「血管」だ。隣の我聞先輩のパソコンには、チューブの立体迷路のような３Ｄマップが表示されていた。中に一本、緑の蛍光色で示されたルートがある。それが地下鉄ホームまでの最短経路らしい。

「積載物資の最終確認をします。飲料水、よし。携帯食料、よし。救急用品、よし――」

例のオレンジ消防服の小柄な女性が、黄色い保護ケースの中身を指さし確認する。

俺は我聞先輩や火野さんとともに、点検作業を遠巻きに眺めていた。バックヤード――背後のフェンス外に設置された特設テントの中からは、花村さんや消防・警察、市役所職員などの関係者たちの視線の重圧を感じる。ついさっきまでは、その中に知事や市長の姿もあった。要救助者が知事の親戚ということもあって、様子を見に来たのだろう。

といっても、全体の人数はそれほど多くはない。バックヤードと俺たち救助チームを合わせて、総勢十数名といったところか。救援作業は街全体で行われているため、今はどこも人手不足だ。ここだけにあまり人員は割けない。

「カイロ、よし。発熱剤、よし。防火コート、よし――」

俺たち救助チームも、最小限の人員で構成されていた。まず、メインのパイロットが俺で、サブパイロットとカメラなどの周辺機器操作担当が、消防士長の火野さん。我聞先輩は情報分析などのサポート担当で、今点検作業をしている消防士の女性――佐伯茉莉《さえきまり》さん――が、進捗報告及びその他の雑務係だ。

そして作戦全体を指揮するのが、例の温和な顔つきをした水色ワイシャツの中年男性、長井禎治《ながいさだはる》消防司令。ＷＡＮＯＫＵＮＩ出張所の副所長で、火野さんの直属の上司に当たる。

あとはうちの会社の責任者として、花村さんもテントに控えていた。ちなみに会社には応援要請もしているが、地震のせいで交通がストップし、なかなか辿り着けないらしい。

その代わりなのか、さきほど社内の連絡用アプリに、アメリカで商談中の社長から直々の激励メッセージが届いていた。小さなベンチャー企業なので俺も何度か会ったことがあるが、熱血漢でエネルギッシュな性格をしている。

「空気呼吸器《ライフゼム》、よし。防煙マスク、よし。点字カード、よし――」

点検の声はまだ続く。準備やチェックに時間がかかるのは致し方なかった。何といってもこのたびの要救助者は、ほかにはない特殊な事情を抱えているからだ。

これが通常の要救助者なら、救援物資を届ければひとまず自力で凌《しの》いでもらえただろう。が、今回はそうもいかない。先述の通りＳＶＲ－Ⅲにはマイクもスピーカーもついているが、音声での意思疎通は不可能だ。そのため物資や今後の段取りの説明のためには、点字カードを別途用意しなければならなかったのだ。

物資も結構な量があった。地下では火災が発生し、下層には有毒ガスが溜まっているおそれもある。空気呼吸器や防煙マスク、防火コートは必須だ。また地下水は温度が低く、空調も停止している。もし要救助者が落水していたりスプリンクラーの水を浴びたりしていた場合、体温低下の懸念がある。カイロや発熱剤はそのためのものだ。

ＳＶＲ－Ⅲの積載重量《ペイロード》は、およそ十キロ。軽量版とはいえボンベ付きの空気呼吸器は四キロもするから、あまり余裕はない。

「物資の確認終了。ケースを機体にセットします」

佐伯さんがケースを閉め、留め輪をドローンの脚部《スキッド》にあるフックに引っ掛けて固定する。

通常ならこのあと機体内部の磁気コンパスの偏りをリセットする「キャリブレーション」という作業を行うが、今回は地下のビーコン情報や「ＬｉＤＡＲ　ＳＬＡＭ」で作成するマップ情報をもとに飛ばすため、コンパスは必要ない。そのため省略している（また鉄骨が散乱する災害現場など、磁気が影響を受ける場所でのキャリブレーションはＮＧだ）。

やがて佐伯さんは準備を終えると、ドローンを地面に置いて少し離れ、俺を見た。喉仏がごくりと上下する。彼女に目で頷き返し、左右にいる火野さんや我聞先輩とも視線を交わしてから、一歩前に出た。

バックヤードから視線が突き刺さる。努めて意識しないようにするが、中に一人、どうしても無視できない視線があった。伝田志穂さん。中川さんの介助者をしていた女性だ。振り返ると、彼女のやつれた顔つきが視界に入った。目が合うと、彼女は泣き腫らした目元の前で指を組み、祈るように頭を下げる。

その姿に、ふと昔の自分の姿が重なった。俺は頷き、再び前を向く。ドローンのコントローラー――プロポーショナル・システム、略して「プロポ」――を構え、いくつかのセンサー類や設定などをチェックしてから、周辺の安全の声出し確認を行った。ゲインなどのスティック感度の調整はすでに済ませてある。準備が整うと、ゴーグルを装着した。ＳＶＲ－Ⅲのメインカメラの映像はこのゴーグルに映る。本来ならヘルメットの着用も義務付けられているが、今回ドローンを飛ばすのは地下なので、頭上に落下する危険性はない。暑さや重さによる負担のほうが大きいため、今回は安全運航管理者――ドローン業務の安全な遂行を監督する技能資格者――である花村さんにお願いし、特別にヘルメットは免除させてもらっている。

大きく深呼吸し、宣言する。

「ＳＶＲ－Ⅲ、離陸します」

操作機《プロポ》の左右二本ある操作スティックを、逆ハの字形に押し込む。離陸の入力だ。一瞬のタイムラグを置き、ドローンのプロペラが回り出した。ブーンという風切り音とともに、機体がゆっくりと上昇し始める。

佐伯さんの静かなアナウンスが聞こえた。

「作戦開始。本日、八月七日、十三時五十八分。ＳＶＲ－Ⅲ、離陸しました」


ドローンの操縦方法には、二種類ある。

一つは目視飛行。外からドローンを見て、ラジコンのように機体を動かす方法だ。もう一つは目視外飛行。ドローンを直接目で追わず、搭載したカメラの映像やＧＰＳなどの位置データをもとに、機体を操作する。

今回は人目の届かない地下に潜るため、必然的に後者だった。俺がかぶったゴーグルには今、機体のメインカメラが捉えたドローン視点の映像が逐一送られてきている。いわゆるＦＰＶ（ファーストパーソンビュー）――一人称視点というやつだ。

デジタル回線によるＦＰＶ映像には通常遅延が発生するが、ＳＶＲ－Ⅲは最新の高速通信ネットワークと高速化アルゴリズムによる低遅延伝送システムを実装しているため、ほぼタイムラグなしで操作できた。加えて視界いっぱいに映像が投影されるため、感覚としてはドローンのコクピットに乗っているようなものに近い（コクピットがあれば、の話だが）。しかし加速感や機体の傾きなどは感じ取れないため、そのあたりは慣れが必要だった。周囲の遠近感を見誤ると、ついスピードを出しすぎていた、といったことがままある。

「機体の基本動作の確認終了。地上搬出入口、降下します」

俺は宣言し、いよいよ機体を地上の開口部に向かわせる。

目的地は地下五層、地下鉄「ＷＡＮＯＫＵＮＩ」駅ホームだ。

地上と違い、地下にはもちろん衛星や通信電波は届かない。だが「チューブ」内には代わりの電波や位置情報を伝えるアンテナが設置されているし、ＳＶＲ－Ⅲには周囲の形状を測定してマップ上の位置を推定する「ＬｉＤＡＲ　ＳＬＡＭ」というシステムが搭載されている。中で電波切れや迷子になることはない。

「オーケー、高木。そのまま前進だ……そこで減速……ストップ。右に寄りすぎだ。左に三十センチ、横移動《エルロン》……」

我聞先輩の指示が飛ぶ。ちなみにホビー用のドローンと違い、業務用のドローンはあまりパイロット単独では操作せず、通常はチームを組んで飛ばすことが多い。ドローンの操縦には機体の操作のほかにも、カメラなどの周辺機器の操作、周囲の安全確認、バッテリー管理や飛行ルートの策定など、気を遣わねばならないことが山ほどあるからだ。一人ではとても手が回らない。

「ストップ、高木。もう五十センチ、上に上下移動《スロットル》――よし。火野さん、底面カメラをズームアウトしてください。……はい、結構です。開口部の位置をマッピングしました。ライトの点灯をお願いします。高木、降下開始。ぶれるなよ」

指示に従い、俺はドローンを慎重に降下させる。ドローンは操作機《プロポ》というコントローラーの左右のスティックで操作するが、このスティックには遊びが少ない。少しでも指を動かしすぎると、即コースを逸脱してしまう。

視界から徐々に自然光が消えていく。代わりに機体のＬＥＤライトが、無機質な「チューブ」のコンクリート壁面を照射した。上から下への、滑らかな明度のグラデーション。まるで深海に潜っていくかのようだ。

横穴に到達する。通路は依然真っ暗だった。チューブを使用する物流ドローンは自動運転が基本なので、中には人間の目に役立つような照明はついていない。

「高木、前方に通路が見えるな？　そこを直進だ。約一分後に分岐に到着予定――おい、速すぎだ。減速、減速」

慌ててスティックを逆向きに入れる。さきほど「自動運転」と述べた通り、このSVR−Ⅲであれば、実は直接マニュアルで操作しなくても目的地まで自動でプログラミング飛行できる。そうしなかった理由は、地震で通路が崩落していたり、アンテナなどの設備の信頼性が低下してしまったことがまず一点。もう一点は、俺が操縦に慣れるためだ。

ドローンには機体固有の癖がある。加えて今回は重い物資を積んでいるため、慣性力も計算に入れて操作しなくてはならない。その感覚を掴むため、慣らし運転が必要だった。インストラクターとしても火野さんの手前、あまり無様な操縦はできない——もっともSVR−Ⅲには衝突防止機能があるので、よほど速度を出さない限りぶつかるおそれはなかったが。

直進、旋回、降下を繰り返し、注意深く地下に降りていく。途中、チューブ内には地震で墜落・停止したと思しき物流ドローンが散見されたが、チューブの口径は余裕を持って設計されているため、特に飛行の邪魔にはならなかった。ほかに飛んでいるドローンもないので、移動はスムーズだ。

ただ閉鎖的な管の中なので、あまり爽快感はない。下水道のネズミにでもなった気分だ。

やがて前方に緑の光が見えた。非常口の明かりだろう。我聞先輩から減速の指示を受け、俺は前後移動《エレベーター》を操作するスティックを後方に傾ける。

チューブから飛び出る。急に視界が広がり、下方に段ボール箱が積まれた倉庫のような空間が見えた。地下水が漏れているのだろう、床面は濡れていて、その水面にドローンのLEDライトが鏡のように反射する。

佐伯さんのアナウンスが聞こえた。

「十四時十八分。地下五層『WANOKUNI』駅前、チューブ搬出入口B5M3に到着しました」

2

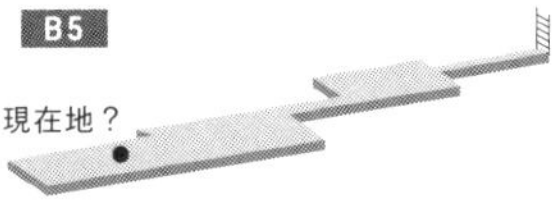

現在位置：地下五層WANOKUNI駅（詳細不明）
シェルターまでの距離：2000メートル以上
三層浸水まで：5時間02分

操作機《プロポ》から片手を離し、軽く指を振る。

ようやく到着。しかしこれで終わりではない。ここがスタート地点だ。

「バッテリー五十三パーセント低下。充電のため、入り口のポートで五分二十秒待機します。一――一――三――」

佐伯さんのカウントが始まる。ドローンはバッテリー消費が速い。その弱点を補うため、チューブには各所にワイヤレスで超高速充電できるピットが設けられている。

ちなみにSVR-Ⅲの連続飛行時間は、無荷重《ノーロード》でおよそ六十分。今の重量を加味した上での我聞先輩の計算では、バッテリー消費は地下五層到達時点で四十パーセント程度のはずだった。が、それより十パーセントほど多い。俺の操作に無駄が多かった証拠だ。

この隙にゴーグルを外し、顔に噴き出た汗をぬぐった。まだ開始して三十分も経っていないが、まるでフルマラソン後のように全身汗だくになっている。この酷暑のせいだ。一応日陰には立っているものの、なるべく電波を遮るものを周囲に置きたくないため、完全に物陰に入ることはできない。照りつける太陽の輝きが恨めしい。

「さすがですね、高木教官」

ペットボトルの水で水分補給していると、火野さんの軽口が聞こえた。俺は苦笑し、小さく頭を振る。

「いや……予定よりバッテリー消費を十パー、オーバーしました」

「自分なら二十パーはオーバーしていますよ。あ、ところで高木教官、この隙に休憩行きますか？　トイレとか」

「今のところ大丈夫です。――あの、ところで、火野さん」

「なんですか、教官？」

「その教官って言うの、やめてもらえませんか？　なんだかこそばゆくて」

「なんで？」

火野さんが笑う。火野さんは三十代で、消防士らしく体格もがっしりしている。社会人経験数年の俺から見たらだいぶ先輩で、そんな相手に教官扱いされるのはどうにも落ち着かない。

「五分二十秒経過。充電、完了しました」

再びゴーグルを装着する。操作機《プロポ》を握り、再度ドローンを離陸させた。従業員用の通用口を抜け、いざ地下五層の地下鉄駅構内へと進入する。

送られてくる映像に、戦慄した。

ホームはもはや駅の体をなしていなかった。至るところで天井が崩落し、瓦礫が通路を塞いでいる。自販機は倒れ、線路はねじ曲がり、壁や床からは噴水ショーのように地下水が噴き出していた。

幸いにも死者の姿が見当たらないのは、地震当時、駅の利用者がほとんどいなかったからだろう。聞くところによると、この地下鉄は主に新幹線など街の外部との連絡に使われ、住民の利用者はもともと少ないらしい。また式典の日ということで人出の大半は地上や地下一層の商業フロアに集中していたため、地下二層以下は無人に近かったそうだ。これが来訪者の帰宅時間と重なっていたらと思うと、ゾッとする。

「高木。少し低く飛んでくれ。一応、ガス濃度を測定しておきたい」

我聞先輩の要請に応え、ドローンの高度を下げた。ＳＶＲ－Ⅲにはオプションで、ガス濃度の測定装置を取り付けることもできる――が、実はドローンは局所的なガス濃度の測定にはあまり向かない。プロペラの起こす吹き下ろし《ダウンウォッシュ》の風が空気をかき混ぜ、均一化してしまうからだ。

それでもその平均的な濃度を調べれば、参考程度にはなる。しばらく床スレスレにドローンを飛ばしていると、我聞先輩の呟きが聞こえた。

「二酸化炭素濃度、一万ｐｐｍ超か。結構高いな」

えっ、と火野さんが俺より先に反応する。

「二酸化炭素が一万ｐｐｍ超え？　そりゃあ、やばいな」

「ですね。あくまで平均なので、場所によってはもっと高いところがありそうですし……」

　ｐｐｍは百万分の一を表す単位らしいので、一万ｐｐｍとはつまり、一パーセント。二酸化炭素は一パーセントを超えると健康被害が出て、十パーセント超で意識を失い、命も危険になる――らしい。プロペラでかき混ぜた空気でこれなら、場所によってはもっと濃度は高いだろう。

「でも我聞君、なんで二酸化炭素が？」と、バックヤードから花村さんが言う。「駅周辺で火災は発生していないよね。それとも火災になる前に、消火剤でも大量散布したってこと？」

「かもしれません。が……」我聞先輩が少し間を置きつつ、「一番の理由は、たぶんどこかの設備から漏れているんじゃないかと。確かＷＡＮＯＫＵＮＩには、地下で発生する二酸化炭素を回収する仕組みがあったはずです」

　そういえば、そんな売り文句があった。と、なると……床付近は今、結構な二酸化炭素の溜まり場になっているはず。気がかりな点がまた一つ、増えた。何とか安全な場所を見つけて、難を逃れていてほしい――そんな思いで、ドローンが捉えるホームの映像に一心に目を凝らす。

「……ん？　なんだ、あれ？」

再び我聞先輩の声が聞こえた。俺もライトの端に映る、黄色いものに気付く。それは駅のホームと改札の間を塞ぐように立っていて、やけにでかいが、どこかふわふわと地に足のついていない感じがある。

近づくと、巨大なバルーン人形だとわかった。高さは二メートルくらいで、色は黄色いが、可愛いモグラの顔つきをしている。黄色いモグラ？

「『もぐのすけ』です」

真っ先に佐伯さんが正体に気付く。

「このＷＡＮＯＫＵＮＩのマスコットキャラクターです。黄色いのは『地下発電バージョン』で、同じぬいぐるみを私も持っています」

言ったあとに、あっと小さく恥じらいの声が漏れる。俺の口元が少し緩んだ。後半は要らない情報だったが、場の緊張をほぐすのには役立ったに違いない。

それにこの惨状でもあのバルーンが割れていないというのは、一つの朗報だ。見た目の被害のわりに、意外と安全な場所は多いのかもしれない。

まだ希望はある。俺は不安を振り払い、ただ彼女を救出することのみを念じて、周囲を舐めるように機体を進めていく。

ホームの半分ほどを探査したが、人影は見当たらなかった。

鞄や靴などの所持品もない。見通しのいいホームなので、倒れていればすぐにわかるはずだ。遺体が見つからないというのはある意味吉報だが、瓦礫に埋まっていたり地下伏流に呑まれた可能性もあるので、そこは何とも言えない。

「――上階に移動したんでしょうか？」

花村さんの声が聞こえる。背後で相談しているらしい。実際のドローン操作は俺たち救助チーム四人に任されているが、全体的な救助計画はバックヤードの面々が立てる。ちなみに特設テントや我聞先輩の座る長机には大画面のモニターが置かれていて、それでＳＶＲ－Ⅲの撮影する映像を確認することができる。

「あ」

ふと、火野さんの呟きが聞こえた。俺は反射的に訊ねる。

「どうしました？」

「いや……さっき電波切れで行方不明になったやつが、あそこに」

ライトの先に、別のドローンの姿があった。瓦礫の剝き出しの鉄骨に引っ掛かっている。

そういえば、もう何台もロストしていたんだっけ。「ＬｉＤＡＲ　ＳＬＡＭ」で周辺の地図を自動作成できるＳＶＲ－Ⅲとは違い、墜落したドローンはカメラ映像のみで操縦するタイプのものだ。勘頼みで飛ばしていたため、落ちた正確な位置もわからなかったのだろう。

だが、要注意だ。あそこでドローンが墜落したということは、あの先は電波が届きにくい領域だということ。目視外で飛行するドローンにとって、最も恐ろしいのは「電波切れ」だ。

「長井さん。電波中継器、投下してもいいですか？」

電波の強度表示がローレベルになったところで、火野さんがバックヤードに訊ねた。ドローンが使用する無線電波には主に、二・四ギガヘルツ帯と五・七ギガヘルツ帯の二種類がある。ドローン特区にも指定されているＷＡＮＯＫＵＮＩでは５ＧやＷｉＦｉ６などの最新の高速通信環境が整備されていて、簡単な手続きでそれらの無線電波をドローン業務に使用できる。今も実際、地下鉄構内のＷｉＦｉサービスの電波をそのまま利用している。

この周波数帯は遮蔽物に弱いため、たとえＷｉＦｉサービス範囲内でも、通信が安定している保証はない。また地震で無線ルーターが故障したり、瓦礫で電波が届かない区域が生じている可能性もある。

それで念のため、中継器も用意していたのだ。ただ、一台しかないし回収もできないので、一度投下すれば場所は変えられない。投下地点は慎重に選ぶ必要がある（ちなみに自走型の中継器も検討されたが、重量や通路の状態から見送られた）。

背後で再び相談の気配。ややあって、長井消防司令が答える。

「よろしい。許可します」

「了解です。――電波中継器、投下します」

一瞬、視界が上にぶれる。中継器を投下して軽くなった分、機体が上昇したのだ。しかしすぐに元の高度まで下がり、安定する。これは俺の操作ではなく、ドローンのなせる技。この自律的な姿勢制御機能《フライトコントロール》こそが、ドローンが単なるラジコンとは一線を画す最大の特徴だ。

俺のゴーグルの画面右上、強度表示のアンテナが、すぐに最大レベルまでに回復した。やはり電波が強いと心強い。俺は意気揚々とドローンの屍《しかばね》を乗り越え、先に進む。

だが、その先の瓦礫の障壁を飛び越えた瞬間、落胆が襲った。

おそらく全員が同じ気持ちだっただろう。ホームの奥側、瓦礫で分断された先は、手前側とまったく様相が違っていたのだ。

一言で言うなら、「生存不可能領域」。

奥側のホーム全体が、水中に没していた。

活断層地震による地すべりの影響をもろに受けたのだろう。ホームは半ばほどで木材のように折れ、半分が奥の水中に向かって傾斜していた。斜面には湧水が流れ、さながらウォータースライダーのようだ。

線路のトンネルは少し先で土砂に塞がれ、奥にも手前にも逃げ場はない。

これは探すまでもない。ふと最初に脳裏をよぎったのは、これでは遺体の発見もままならないだろう、ということだった。アリアドネには遭難者の体温を感知する赤外線サーモグラフィカメラもついているが、サーモグラフィは水中の物体の温度までは感知できない。また冷水で体温を奪われた遺体は、もはや周囲の無機物と区別がつかない。

「こりゃあ、さすがに無理か……」

火野さんの絶望的な呟きが、聞こえた。

その言葉に、俺の中の何かが抗《あらが》った。気付くと指示を待つことなく、ドローンを降下させていた。

水面近くに寄りながら、目を皿のようにする。どこか浅瀬で立てる場所はないか、浮遊物に誰かしがみついていないか。俺の頭にあったのは、ただ「無理」という言葉に対する反発心だけだ。嫌だ。無理だと思いたくない。無理だと思ったらそこが限界だ。人はそれを悪足掻《わるあが》きと叫ぶのかもしれないが――。

「高木」

ヘッドフォンに、我聞先輩の声が割り込んだ。

「今の、何だ?」

「どこですか?」

「映像じゃない。音だ。音に耳を澄ませろ」

音。

そうだ、と思い出す。アリアドネシリーズ最新型、SVR－Ⅲの一番の特徴。音響分析機能。その最大の武器のことを忘れていた。今使わずして、いったいいつ使うというのか。

「ボリューム、上げるぞ」

先輩の忠告が聞こえ、ヘッドホンの音量が変わる。ひゅんひゅんというプロペラの風切り音が響き、バシャバシャという地下水の波打つ音が鼓膜を打った。

だが、それだけ。俺の耳には、それらの環境音以外に特に変わった物音は聞こえない。

「気のせいだったか……?」

先輩が自問する。その直後だった。一瞬、俺の鼓膜が何かを捉えた気がした。

「先輩。今の……」

「なんだ?」

「今、何か聞こえませんでしたか? かすかな——遠くで、寺の鐘を撞《つ》く音みたいな

──」

しばらく無言の間。ややあって、カチャカチャとキーボードを叩く音がする。

「……これか？」

急に音質が変わった。音にフィルターを掛けたらしい。プロペラ音と水音が小さくなり、代わりにラジオの雑音のようなノイズの音が強調される。

その中に、かすかに音が響いた。

コーン……コーン……。

思わずゴーグルを上げて、先輩を見た。先輩も目を丸くし、さらにキーボードを叩いてマウスを弄る。

ノイズが消え、一つの硬質な音が露《あら》わになった。固いもので金属を叩くような音。

一瞬間を置いて、誰かが叫んだ。

「白杖の音です！」

例の通訳兼小助の女性──伝田さんだ。彼女は設営テントのマイクにかぶりつかんばかりの声で、訴えんた。

「これは、博美さんの持つ白杖の音です！　博美さんは、どこかで生きています！」

ぞくっと、肌が粟立《あわだ》った。

俺はすかさずゴーグルを装着し直す。静かな興奮が全身に走った。生きている。彼女はこの空間のどこかで生きている。

しかし、どこに――？

音は狭いトンネル内で反響し、方向は判然としない。すかさずドローンを上昇させ、機首を傾けて三百六十度旋回させた。同時に火野さんが、ＬＥＤライトの色調をオレンジから昼光色に切り替える。光の演色性――照明の色合いによって物の見え方が変わるのを考慮したのだ。

真昼のような光が水没したホームを隅々まで照らすが、しかし人影は見当たらない。水面と濡れた壁面が虚しく光を反射するだけだ。

「上だ、高木！」

我聞先輩の声。

「音は上から来ているぞ！　天井近くを探すんだ！」

上――？

アリアドネには、複数マイクで音を三次元的に捉える「マイクロフォンアレイ」が搭載されている。音そのものだけでなく、その音源の位置まで特定できるのだ。

先輩はその「三次元音源位置推定機能」を利用したらしい。ひとまず指示に従いドローンを上昇させたが、内心は半信半疑だった。こんな天井近くのいったいどこに？　まさかコウモリみたいに、上からぶら下がっているわけでもあるまいに――。

だが高度を上げたところで、天井近くにも構造物があったことに気付く。

ライトに反射する、銀色の鉄骨。

トンネルのメンテナンス用通路だ。人一人がやっと通れるくらいの架設通路が、天井間際に設けられている。

しかし同時にゾッとした。通路の大半は天井とともに崩落しており、残った部分も数本のワイヤーによってかろうじて吊るされているだけ。

まともな判断力を持つ人間なら、とてもあんなところに登ろうなどとは考えないだろう。

本当に、こんなところに人が？　疑いつつ、ドローンを接近させる。

通路の高さまで高度を上げ、ライトで舐めるように鉄骨を照らす。光が梯子のある踊り場まで届いたところで、ハッと息を呑んだ。

――いた。

そこに見えたのは、眠るように支柱に寄りかかり、ただ機械的に杖で鉄骨を叩く女性の姿だった。

3

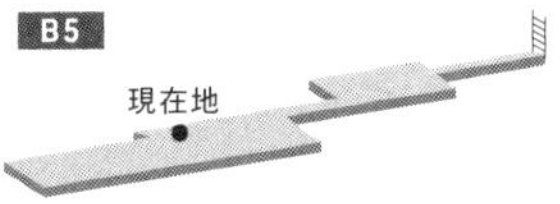

現在位置：地下五層WANOKUNI駅（架設通路）
シェルターまでの距離：2000メートル以上
三層浸水まで：4時間46分

「博美さんです！　博美さんです！」

泣き叫ばんばかりの声が、バックヤードから響く。

体中を痺れるような安堵が襲った。生きていた。彼女は生きていた。この絶望的な状況の中で、彼女は必死に生きていてくれた。

「十四時三十四分。要救助者……発見しました」

佐伯さんのアナウンスの声がやや籠る。涙をこらえているのだろう。誰かが俺の肩を摑んだ。火野さんの快活な声が聞こえる。

「やったな、教官」

俺は喜びを噛み締めつつ、頷き返す。

だが我聞先輩の次の一言で、たちまち現実に戻った。

「さて……問題は、ここからだな」

そう。ここがゴールではない。むしろ本番はここから。

どうやって彼女を、無事に地上に連れ戻すか。

それが難題だった。これが通常の要救助者ならスピーカーで呼びかけるなりして次段階に移るところだが、彼女が相手ではそうもいかない。まず何より、俺たち救助チームが到着したことに気付いてもらわなければならなかった。そう。事前のミーティングで彼女の救出作戦を練ったとき、俺たちがまず最初に直面した問題は――。

ファーストコンタクトをどう取るか。

どうやって救助チームの到着を知らせ、今後の救助計画を彼女に伝えるか。通常の救助活動では疑問にすら思わないことが、ここでは一番の障壁だった。

その証拠に、今こうしてドローンで近づいても、彼女は相変わらず杖で鉄骨を叩き続けている。ライトの光もプロペラの風音も、彼女の孤立した世界の中まで届くことはない。

だが、策はある。

「……要救助者に、接近します」

俺は宣言して、ドローンをさらに接近させる。機体が近くに来ると吹き下ろしの風《ダウンウォッシュ》を感じたのか、彼女は少し顔を上げた。だがそれもただの自然風と判断したのか、またすぐに力なくうつむいてしまう。

近くにトンネル換気用の通風口があるのもマイナスだった。もっと近づけばプロペラの風だと認識してもらえるかもしれないが、衝突のリスクがあるし、そもそも衝突防止機能がそれ以上の接近を許してくれない。

俺はドローンを彼女から水平距離にして一メートルほど離れた位置で停止させ、そのままホバリングを続けた。機首を彼女の方向に向けながら、しばらく待機する。

やがて作戦通り、長井消防司令の命令が聞こえた。

「香水《パヒューム》、噴射」

「パヒューム、噴射します」

火野さんが答える。プシュッと発射音がして、ライトに霧の粒がきらめいた。

彼女の頭に、霧がキラキラと金粉のシャワーのように降り注ぐ。その様子を息を呑んで見守った。霧は徐々に輝きを失い、やがて宙に溶け込むように消えていくが、それからしばらく待っても彼女の動きに変化はない。

駄目か。そう思った、次の瞬間――。

バッと、彼女が顔を上げた。

「～～～……～～～？」

発音は聞き取れなかった。だがその、まるで見知らぬ街で知人に出会ったような彼女の小躍りせんばかりの反応に、狙いが見事成功したことを知る。

――気付いた。


発案者は、介助者の伝田さんだった。

「匂い……なんて、どうでしょう」

ミーティング中、俺たちが中川さんとのコンタクト方法についてあれこれ議論していると、そう恐る恐る口を挟んできた。

「匂い？」

「香水の匂いです。彼女、言うんです。知り合いかどうかはたいてい、匂いで判断しているって。だから彼女に馴染みのある匂いを嗅げば、知人が来たと安心して――」

説明しつつ、彼女はあわただしい手つきで化粧ポーチをひっくり返す。散らばった中身から一本のミニボトルを摑むと、それを俺たちに向かって突き出し、こう言った。

「これは、私の香水です。雑踏で私とはぐれたとき、彼女はまずこの匂いを探すんだそうです。だからなるべく香水を変えないで、って言われていて――ここ十年、私はこのブランドを変えていません」


聞けば伝田さんは、中川さんとはもう十年以上の付き合いになるらしい。

信頼のなせる業《わざ》だな、と俺は感服する。中川さんがキョロキョロと周囲を手で探り始めたので、ドローンを彼女から少し離れた踊り場の上に移動させ、再びホバリングさせた。次の長井消防司令の命令を待ってから、今度は救援物資の入ったケースを投下する。

着地の振動で気付いたのだろう。香水を再度噴射する必要もなく、彼女が投下されたケースに這い寄ってきた。手探りでケースを見つけ、蓋を開ける。指先が一番上の点字カードの束に触れると真っ先にそれを取り出し、手のひらを使って夢中でなぞり始めた。

途中、カードで顔を覆ったのは、泣いてしまったからだろうか。だが彼女はすぐに気丈に顔を上げると、ケースの中身を取り出し、一つ一つ確認し始める。

早速空気呼吸器を着け始めたところを見ると、こちらの計画は伝わったようだ。ちなみに点字カードには救援物資や状況の説明のほかにも、今後の救出計画の詳細――例えば次のようなことを説明してある。

・避難ルート及び目的地
・意思疎通のための各種の合図（彼女が一回腿を叩いたら「止まれ」、二回腿を叩いたら「進め」の合図、など）
・ドローンを使った誘導方法について

カードには体力維持のために食料の摂取も勧めてあったが、彼女はペットボトルの水を一口飲んだだけで、あとは同梱のバックパックにしまってしまった。この状況ではとても喉を通らないのだろう。

彼女の準備の様子を見守っていると、我聞先輩が訊いてくる。

「さて、高木。どうやって、彼女をここから降ろす？」

「梯子を使って、自力で降りてもらうしかないと思います。登れたなら、降りるのも大丈夫でしょう」

「だな。問題は、彼女にどうやってそれを伝えるかだが……」

「まあ、待ちましょう」

彼女の誘導方法については、とある方策を用意してあった。もちろん梯子などの移動手段についての対策も考慮してあり、そのための合図は先述の通り点字カードで説明してある。

　だがその合図を行うには、向こうからのアクションを一つ待たなければならない。彼女がバックパックを背負い、準備を終えるのを待って、俺はおもむろに機体を頭上に近づけた。ゴーグルの画面の右下、底面カメラの映像を映した小さなワイプ画面に、艶のある黒い頭部とつむじが映る。

　プロペラの風を感じたのだろう。顔がこちらを向いた。片腕が上がり、手のひらが宙をまさぐるようにこちら側の上空に向かって伸ばされる。

　よし。その調子だ。彼女の手の動きを注視しつつ、慎重にホバリングを続けていた、そのとき――。

「あっ――」

　誰かが、声を上げた。

　急にぐらりと、彼女の体が傾いた。スローモーションのように、その体が徐々に仰向けに仰《の》け反《ぞ》る。彼女は必死にバランスを取るようにだんだんと後ろに下がっていき、やがて底面カメラのワイプ画面から姿が消えた。

　少し間を置き、バシャンという水音。

何が起きたのか、一瞬理解できなかった。

だが、俺自身の体に伝わる振動で気付いた。余震だ。小さいが、確かに体感できるほどの地震が、足下で再び発生している！

佐伯さんが悲鳴に近い声で叫んだ。

「中川さん――要救助者が、落水しました！」

III

誘導

Leading

突然、その興奮は恐怖にとってかわりました。というのは、足が岩に突き当たり次の瞬間頭上に水が渦巻いたのです。手を伸ばしてなにか支えとなるものをつかもうとしましたが、触れるものは水と、波が顔に浴びせてくる海藻だけです。

——「ヘレン・ケラー自伝　私の青春時代」ヘレン・ケラー著

1

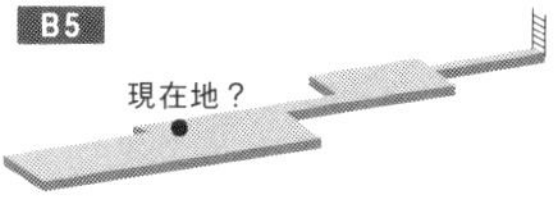

現在位置：地下五層WANOKUNI駅（落水）
シェルターまでの距離：2000メートル以上
三層浸水まで：4時間41分

一瞬、頭が真っ白になった。

だがすぐに我に返り、操作機《プロポ》のスティックを倒す。

余震の影響で、あの脆弱な足場が揺れるか傾くかしたのだ。すぐさまドローンが架設通路の踊り場から飛び出て、眼下の水面上に躍り出る。底面カメラのワイプ画面に、ＬＥＤライトに照らされた暗い波紋が映った。

「我聞先輩、落下地点は⁉」

「真下だ！　たが、待て——姿が——」

水面は人が落ちた直後とは思えないほど穏やかだった。音にも耳を澄ますが、聞こえるのはドローンの羽音と、地下水流の水音ばかり。誰かが溺れているような物音は聞こえない。

沈んでいる——のか？

水深は正確にはわからない。が、ホームの傾斜や沈み具合からして、深いところでは二、三メートルはあるに違いない。とても足のつく深さではない。

加えて周囲の壁面からは、大量の地下水が流れ込んでいた。あの水面下では、複雑な水流が渦巻いているはずだ。流れに巻き込まれ、浮上できないのかもしれない。

「火野さん！」俺は叫ぶ。「空気呼吸器って、水中でも使えますか⁉」

「水中で？　いや、あれはダイビング用じゃないから——ああ、でも水面近くなら大丈夫だ。落下の衝撃でマスクが外れていなければ、だが」

ダイビングに耐えるほどではないが、水圧の低い水面付近なら大丈夫ということか。彼女は落ちる直前、呼吸器を装着していた。ということは、それが外れてさえいなければ、最悪沈んでいても呼吸はできているはず。まだ諦めるのは早い。

「先輩、サーモは？」

「見ている」

率先すべきは彼女の居場所の特定だ。しかしこの暗闇では視界が充分に利かず、サーモグラフィも物体の表面温度しか捉えられない。

諦めるな、と自分自身に言い聞かせる。

無理だと思うな。思えばそこが限界だ。可能性がある限り、必ず彼女を見つけ出す。この水中のどこにいようと――。

――バシャッ。

そのとき、俺の鼓膜が小さな水音を捉えた。

バシャッ、バシャッ。

「要救助者、発見！」

俺が声を上げるより早く、我聞先輩が叫んだ。

「左後方、八時の方向！　高木、サーモグラフィ映像を送るぞ！」

視界に、虹色の光彩が浮かんだ。光学カメラの映像に、サーモグラフィの虹色の温度分布を重ねたのだ。水温を示す暗褐色のグラデーションの中に、ひと際赤く輝く丸い点がある。

命の熱。

よかった。全身を再度の安堵が包み込む。彼女は何とか、水上に浮上してくれた。

だが同時に、焦りも感じた。

はたしてここから、どうやって救い出す？

水難救助とは違い、今回はここまでの事態は想定していない。目が見えない彼女に、このままホームの陸地まで泳がせることができるだろうか？　せめて何か、掴まるものでもあれば――。

「――もぐのすけ！」

真っ先に叫んだのは、佐伯さんだった。

「マスコットの、もぐのすけの人形です！　あれなら浮き輪代わりになります！」

そうか。駅の改札にあったバルーン人形を思い出す。

「長井さん――」

「了解です。行ってください」

火野さんが許可を乞い、長井消防司令が承諾する。俺は即座にドローンの機首を返し、改札に向かわせた。倒壊したウエルカムボードの間で奇跡的に割れずに残っているモグラのバルーン人形を発見し、接近する。その尖った鼻の部分をドローンの着陸用の脚部《スキッド》に引っ掛け、持ち上げようと試みた。

だが、滑ってうまくいかない。どうする？　体当たりで弾いて飛ばすか？

しかしそれには衝突防止機能を停止しないといけないし、ドローンの強度もわからない。

機体にはプロペラを保護する「プロペラガード」がついているが、あくまで偶発的な衝突に備えてのものだ。故意にぶつかるような使い方は想定していない。

「くそ。とんだ風船リレーだな」

　火野さんが毒づく。

「風船リレー？」

「うちの幼稚園児のガキの、運動会の話です。そのときの種目に、風船を運ぶやつがあったんですよ。まああっちは二人一組で、うちわで挟んで運ぶ感じでしたが――」

　そこでハッと閃《ひらめ》いた。

「それです、火野さん！」

「えっ？　何の――」

「二人一組ってやつです！　さっきのドローン、使えませんか？　電波切れで墜落したやつです！」

　あっと火野さんが叫び、「佐伯！」と呼びかける。この地下五層には、火野さんたちが電波切れでロストしたドローンの機体がある。電波中継器を投下した今なら、電波は届いているはずだ。

　周囲で慌ただしく動く気配がし、ややあって佐伯さんが答えた。

「大丈夫です！　飛行できます！」

「よし、貸せ！」

まもなくゴーグルの視界に、別のドローンが登場した。アリアドネより小型の、赤い四枚羽根ドローン《クアッドコプター》。火野さんが操縦しているらしい。

「こっちから挟めばいいですか、教官？」

「はい、お願いします」

俺たちはドローンの脚部《スキッド》でバルーン人形の頭部を左右から挟むと、呼吸を合わせてドローンを上昇させる。今度は狙い通り持ち上がった。何度か落としそうになりながらも、何とか人形を要救助者の待つ水上まで運ぶ。

ドローンのＬＥＤライトが照らす暗闇の水面で、彼女は驚くほど静かに浮かんでいた。体を大の字にして顔だけ水面に出す、いわゆる「背浮き」という姿勢だ。

彼女の冷静さに内心感嘆しつつ、近くに人形を落とす。水面の揺れで彼女が着水に気付き、手で探って人形を摑んだ。続いてドローンを水面に近づけると、風を感じたのだろう、人形をビート板のように使い、機体に向かってバタ足で泳いでくる。

それを利用して、彼女をホームの陸地まで誘導した。陸地に着くと、人形を手放して器用に瓦礫の土手をよじ登る。彼女が無事陸上に戻ったのを見届けて、俺の全身からどっと力が抜けた。

「お疲れ、教官」

休憩所として設けられた教室でうちわを煽《あお》いでいると、火野さんがやってきた。俺は気の抜けた笑いを返す。

「お疲れです、火野さん──中川さんの様子は、どうですか？」

「大丈夫。ちゃんと休んでくれています。カイロや発熱剤を使って暖も取っていますし、水分や食料も摂取しているみたいです」

「それは……よかったです」

今俺たちは、ドローンのバッテリー充電と、要救助者の体力回復待ちだった。

点字カードには、時折ドローンにはバッテリー充電が必要なことは説明してある。そのための合図も決めていた。また中川さんは冷たい地下水に浸かっていたので、カイロや発熱剤で温めた飲み物で体温を上げ、カロリーも補給してもらわなければならない。体を拭いたり衣服を乾かしたりする必要もあったので、プライバシー保護の意味もあり、俺たちは席を外していた。

「教官──ほいっ、パス！」

いきなり火野さんが何かを投げてきた。咄嗟に腕を上げ、顔にぶつかる前にキャッチする。牛乳パック。手に伝わる感覚に、少し驚く。

「冷たい、ですね」

「小学校からの差し入れです。給食のおばちゃんたちのご厚意だって」

街は今、全体的に節電中だった。地震で外部からの送電線がやられ、電力供給を地下や地上の各所にある非常電源で賄っている状況だったからだ。

扇風機もろくに使えなかったのだが、小学校は食料を保存している冷蔵庫もあるため、優先的に電力を回してもらえたらしい。

太陽は相変わらずカンカン照りで、空気はオーブンのように熱を孕《はら》んでいる。この酷暑の中、冷たいものは何でもありがたかった。感謝し、パックの口から直接がぶ飲みして喉を潤す。

「うちのガキ、来年からここの小学校に通うんですよ」

火野さんが飲み干したパックを握りつぶしつつ、ふと呟いた。俺はさきほどの「風船リレー」の話を思い出す。

「男の子ですか？　それとも女の子？」

「野郎《やろう》です」

「さっきは火野さんの息子さんのおかげで、助かりました」

「いや、方法を思いついたのは教官ですから。自分はただ、思ったことを口に出しただけで。格好悪い話ですが、ビリだったんですよ。自分と息子のチーム。親子で体格差がありすぎたってのもありますが、なんだか……慌てちまって」

火野さんが照れ臭そうに鼻の頭を掻く。

「消防士のプライドで、格好いいところを見せようとイキりすぎたっていうか。それ以来、妙に冷たいんですよね。自分への息子の視線が」

そう言って遠くを見やる火野さんの眼差しは、温かかった。きっと家ではいい父親なのだろう。

「消防訓練の様子でも見学させれば、威厳は一発で回復しますよ」

「だといいですが。それにしても……中川さんには、驚いたな」

「驚く？」

「普通、あんな冷静じゃいられないんですよ。遭難者っていうのは」

穏やかだった表情が、ふいに仕事の顔に切り替わる。

「運動会でテンパるのとはわけが違う。たいていは頭がパニクってて、こっちの話なんてろくに聞こうともしない。おまけにあんな落水の仕方をしたら、普通は慌てまくって溺死確定ですよ。

しかも今回は、光もない地下の暗闇ですしね。自分たちが救助に行くまで、よく耐えていてくれたもんだなと」

それは俺も同感だった。落水後の対応も完璧だったが、駅の架設通路に避難していたのもそうだ。床上に二酸化炭素の充満する中、確かに逃げ場はそこしかなかっただろうが、あんな今にも崩れ落ちそうな鉄骨通路、たとえ見つけても普通は怖くて登れない。

「それは」と、誰かが口を挟んだ。「見えないからだ……と思います」

声のほうを向く。教室の入り口に誰かが立っていた。白い襟無しブラウスに、細身のベージュのパンツ。長い髪を後ろでまとめただけの、化粧っ気のない容姿――中川さんの通訳兼介助者、伝田さんだ。

彼女はこちらに歩み寄ると、丁寧に頭を下げてきた。例の香水だろう、彼女からほのかにミントのような香りが漂う。

「ご挨拶が遅れてすみません。私、中川の通訳などのお世話をしている、伝田志穂と申します」

「あ……タラリアの高木です」

「S市消防署の火野です」火野さんが片手を差し出す。「ユーチューブ、拝見してます」

伝田さんは少し顔を赤らめつつ、握手に応じた。

「ありがとうございます。このたびは、本当に申し訳ありません。私の不注意で、こんなことになってしまって……」

彼女は声を震わせながら、はぐれたときの状況を改めて説明する。ほぼこれまで聞いた通りの内容だった。セレモニー出席後、テレビ番組の収録に向かうために駅で地下鉄を待っていた彼女たちは、突然の地震に見舞われ、離れ離れになってしまった。伝田さんは慌ててホームに戻ろうとしたが、乗客の避難を誘導する駅員に捕まり、強引にエレベーターに押し込まれてしまった——。

「気付いたら、エレベーターの扉が閉まっていました。地上まで直通のエレベーターなので、もうどうしようもなくて。地上に着いて、すぐに戻ろうとしたら、今度は停電でエレベーターが使えなくなっていて——私が悪いんです。私のせいです。私がもっと、ちゃんと博美さんを誘導していれば……」

言葉の端々に、自分を責める口調が滲む。俺には彼女の気持ちが痛いほどわかった。俺の過去の失敗。さきほどの韮沢の焦り。救えるはずの誰かを救えなかったとき、後悔は一生消えない心の傷となる。

「それで」小野さんが慰めるような声色で、訊ねる。「見えないから、というのは？」

「はい」伝田さんはハンカチを目頭に押し当てつつ、答える。「博美さんにとっては、変わりませんから。地下だろうと、地上だろうと……」

変わらない――。

その言葉の意味を考えていると、「高木君」と名前を呼ばれた。顔を上げると、教室の入り口から誰かがこちらを覗き込んでいる。

花村さんだった。俺を見て手招きしている。なんだろう。招かれるままに廊下に出た俺は、そこに決まりが悪そうに佇《たたず》んでいる人物の顔を見て、あっと思わず声を上げた。

「韮……沢？」

花村さんが連れてきたのは、韮沢だった。花村さんはすぐに「それじゃ」と言って立ち去り、場には俺たち二人が取り残される。気まずい雰囲気が漂った。

ややあって、韮沢が口を開く。

「ごめん。仕事中だった？」

「いや、休憩中だから大丈夫だけど……どうした？　また妹に何か？」

訊き返すと、ううん、と韮沢は首を振る。少し間を置き、何かを決意したような顔をすると、唐突にこちらに向かって頭を下げてきた。

「ありがとう」

突然の感謝に、俺は戸惑う。

「え？　えっと……」

「さっき、妹を探すのを手伝ってくれたのに、お礼も言わずに別れちゃったから。あのときは、本当に助かった。私、あんなところに医療センターができてたなんて、全然知らなかったし」

ああ、と照れ隠しに顎を搔く。特に礼を言われるような筋合いでもない。花村さんに「寄ってみたら」と教えてもらっただけだ。

「俺も、会社の人に聞いただけだから……。それより、妹の調子はどうだ？　あのあと大丈夫か？」

「うん。相変わらず喋らないから、何考えてるのかわからないけど」

「そうか」

また沈黙。卒業後はお互いずっと疎遠だったので、共通の話題もない。

「俺のほうこそ……」間を持たそうとして、つい口が滑った。「ごめん」

「何が？」

「うざかったんだろ。その……俺の、励ましが」

ああ、と芷沢は苦笑する。

「あのときは、ちょっと虫の居所が悪かったというか――ごめん。忘れて。あれ、ただの八つ当たりだから」

「けどよ――」

「ところで」と、韮沢は会話の流れを断ち切るように、「さっき教室にいた女性って、中川さんの付き添いの人？」

「うん？　あ、ああ」

「じゃあ、噂は本当なんだ」

「噂？」

「中川さんが地下で行方不明になって、ドローンで捜索しているって噂。ネットで騒がれてるよ。『見えない・聞こえない・話せない』の三重障害の女性を、いったいどうやって助け出すんだって」

今度は俺が苦笑する番だった。確かに彼女はこの街の〈アイドル〉、いずれは話題になるとは思っていたが――しかし、こんなに早く、いったいどこから情報が洩《も》れたのだろう。

「悪い。その件については、あまり話せない」

「だろうね。いいよ、答えなくて。それより、どう？　仮にそんなことが現実にあったとして――そんな人、本当に助けられると思う？　実際無理じゃない？」

俺は反射的に答える。

「無理だと思ったら――」

そこで口をつぐむ。渋い顔で韮沢を見た。韮沢はすっと弓なりに目を細め、口元に不思議な笑みを浮かべて、言った。

「言うと思った」

2

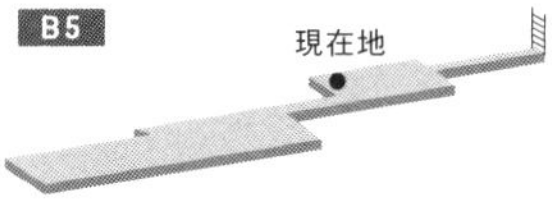

現在位置：地下五層WANOKUNI駅前チューブ搬
出入口B5M3
シェルターまでの距離：2040メートル
三層浸水まで：4時間15分

「バッテリー充電、百パーセント完了。離陸準備は整っています」

佐伯さんのアナウンスで、俺は深呼吸して操作機《プロポ》を持ち直した。火野さんや我聞先輩と視線を交わし、ゴーグルを装着する。

「了解です。ＳＶＲ－Ⅲ、離陸します」

「十五時〇五分。ＳＶＲ－Ⅲ、離陸」

機体を上昇させると、視野角を最大にした底面カメラのワイプ画面に、慌てて跳ね起きる中川さんの姿が見えた。うたた寝をしていたらしい。その手が無意識のように周囲をまさぐるのを見て、ふと俺の頬が緩む。触読式の腕時計を探したのか。

メインカメラが映す前方の暗闇を見て、気を引き締める。

ここからが、正念場だ。

目も耳も利かない相手を、どうやってゴールまで誘導するか。

それはネットで騒がれるまでもなく、俺たちが真っ先に頭を悩ませた課題だった。当初はメンバーの中でも、誘導はやはり無理だろうという意見が大半だった。俺が呼ばれる前は、ひとまず生存に必要な物資を届け、救助隊が来るまでその場で待機してもらうという方針で、救助計画は立てられていたらしい。

しかし地下水の浸水や有毒ガスの件、階上の火災、瓦礫の撤去作業にかなり時間がかかりそうなことなど、現場の情報が伝わるにつれ、はたしてそれで間に合うのかという懸念が湧き始めた。

そんなとき打開策となったのが、女性消防士の佐伯さんの一言だった。

「ハーネス……なんて、どうでしょうか」

「ハーネス？」

「盲導犬に使うハーネスです。あんな感じで彼女にドローンと繋がってもらって、誘導していけたら……」

佐伯さんは以前、盲導犬協会の消防訓練に立ち会ったことがあったらしい。それで思いついたようだ。妙案だった。作戦チームは早速ドローンにハーネス代わりのワイヤーを取り付け、ＷＡＮＯＫＵＮＩにいるほかの視聴覚障害の人に手伝ってもらい、テストしてみた。結果は良好。盲導犬並みとはいかないまでも、進行方向を伝える程度は充分可能と判断し、作戦実行の決断が下されたのだ。

そういうわけで今、ＳＶＲ－Ⅲの底部からは、一本の誘導用ワイヤーが伸びていた。細すぎて映像では視認できないが、その先は中川さんの手に握られているはずだ。その証拠に前に進もうとすると、ワイヤーの抵抗を示す数値が上がり、機体がわずかに上下にぶれる。

「大丈夫か、高木？」

「はい。問題ないです」

ドローンの有線操縦は、実はそれほど珍しいことではない。給電用のケーブルを取り付ける場合もあれば、暴走防止のワイヤーを繋いで飛行させる場合もある。

だから俺もワイヤー付きでの飛行は一通り訓練していた。ワイヤーのリールには多少の遊びがあり、何よりドローン自身の姿勢制御機能もあるので、極端に引っ張られない限りコントロールを失うこともない。

「……盲導犬ならぬ、『盲導ドローン』ってやつだな、こりゃ」

火野さんの軽口が聞こえ、俺は少し口元を緩める。

今、俺のゴーグルには、カメラの実写映像にナビゲーションの矢印を重ねたような光景が映っていた。

拡張現実（AR）というやつだ。最初の面会時に説明された通り、誘導ルートは作戦会議ですでに検討済み。今俺たちがいるのが、地下五層WANOKUNI駅前チューブ搬出入口「B5M3」の充電ポート。そこから非常用梯子を登って地下四層に行き、途中のスパ施設や階段を経由して、地下三層まで移動。さらに倉庫や工場などをいくつか通って、最終的に北西区画にある「緊急避難シェルター」まで避難してもらう、というのが救出ルートだ。

地下一層と二層では火災が発生しているため、現状それ以上は進めない。だがひとまず第三層の避難シェルターまで逃げれば、浸水も火災も有毒ガスも防げる。食料などの備蓄もあるので、救助隊が到着するまで安全に凌ぐことが可能だろう。

ちなみに例の墜落から復活したドローンは、残念ながら充電ポートに辿り着く前に、バッテリー切れで再び墜落してしまっていた。戦友を失った気分だが、ドローンが複数あるとむしろ中川さんを混乱させてしまうし、電波の干渉も心配される。どちらにしろ同行はさせられなかっただろう。友機の冥福を祈りつつ、俺はワイヤー付きドローンを崩落した通路の奥に向かって進ませる。

中川さんは元気だった。今はゴワゴワした防火コートを着用し、荷物を詰めたバックパックを背負っているが、そんな負担もどこ吹く風とばかり、四層への非常用梯子をすいすい登る。

片手には、例の白杖を握っていた。落水時でも咄嗟に杖のストラップを手首に絡め、失くさなかったらしい。またホームから離れると二酸化炭素濃度も安全圏となったため（トンネル沿いにガスが流入していたのだろう）、今は空気呼吸器を外し、代わりに防煙マスクをかぶっていた。空気呼吸器の重いボンベから解放されたことも、足取りが軽くなった一因のようだ。

彼女の意気揚々とした姿に勇気づけられつつ、ドローンをナビゲーションの矢印に従って飛行させる。

しばらく飛ばすと、急に通路が広くなった。

ドローンのライトが照らす空間に、太い支柱が等間隔に現れる。その合間には電子広告のディスプレイやコンビニの店舗が見えた。奥に自動改札のような何かの施設への入り口も垣間見える。

ナビはその入り口を指していた。施設内からは、まるで俺たちを誘うように明るい光が漏れ出ている。

地上……？

入り口をくぐり、一瞬そう錯覚した。そこは南国のリゾートホテルを思わせるような優雅なエントランスホールだった。あたりには生きた観葉植物の鉢が所狭しと置かれ、天井からはふんだんに陽ざしが降り注いでいる。光量といい、色味といい、とても人工の照明とは思えない。

「光ダクトだよ」

俺の驚きを見越したように、我聞先輩が解説する。

「地上の日光を鏡のダクトで反射させて、直接地下に取り込んでいるんだ。つまりこれは正真正銘、太陽光《たいようこう》。鏡面となる素材の選び方で、紫外線の含有率も調整できるらしいな」

太陽光。地下では決して拝めるはずがないと思っていたものとの遭遇に、少なからず感動を覚える。

つい光に見入る俺の耳に、佐伯さんが淡々と現在地をアナウンスする声が聞こえた。

「十五時十五分。ＳＶＲ－Ⅲ、地下四層西区温水設備エリア、スパリゾート『アンダーグラウンド・パラダイス』に到着しました」

3

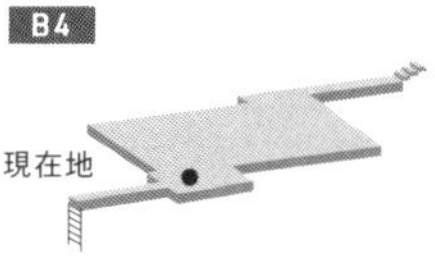

現在位置：地下四層スパ「アンダーグラウンド・パラダイス」
シェルターまでの距離：1680メートル
三層浸水まで：4時間05分

地下四層は電力やガス・水道、ゴミ処理施設など、生活を支えるインフラ設備がメインとなっているフロアだ。

その中で唯一、娯楽用と言えるのがこの大型スパ施設だった。地下ダムによる水力発電やゴミ処理施設で発生する排熱を有効利用する目的で作られたもので、スパ施設以外にも温水を利用した熱帯魚水族館や、亜熱帯植物園まであるらしい。

住民の評判も上々で、利用者も多かったそうだ。ただ先述の通り、地震当時は地上や地下一層に人が集中していたため、スパの客は少なかったらしい。地下鉄同様、こちらもタイミングに救われたと言える。

フロアにいた数少ない被災者も、自力で地上に避難したのだろう。あたりは無人だった。一切の人影が絶えた中、瓦礫の山に何本もの光の柱が立つ状景は、楽園《パラダイス》どころか終末後の世界を連想させた。俺は気を引き締めると、我聞先輩たちのアシストをもらいつつ、濡れた床で中川さんを転倒させないよう慎重にドローンを進ませる。

男湯の暖簾《のれん》をくぐった。奥に従業員用の通路があり、そちらを抜けるのが近道らしい。脱衣所を通り、大浴場を抜けると、例の光ダクトの陽ざしが降り注ぐ岩風呂のエリアだった。露天風呂の演出だろうか。

パンッ。

すると急に、何かを叩く音が俺の鼓膜を打った。

これは――「止まれ」の合図。

即座にドローンを急停止させる。何かあったときのため、中川さんとは点字カードでいくつかの合図を事前に取り決めてあった。これもその一つで、彼女が一回腿を叩けば「止まれ」、二回叩けば「進め」。

今のは明らかに「止まれ」の合図だった。――彼女の身に、何が？　慌てて底面カメラのワイプ画面を確認するが、しかし上から見る限り、彼女に特に変わった様子はない。

……空耳か？

パンッ。

機体を再度前進させようとすると、またもや腿を叩く音が聞こえた。

慌ててまた停止させる。なんだ、いったい？

「何かあったんか、高木？」

我聞先輩の問いに、俺は小さく首を横に振る。

「わかりません。特に異常は見当たらないんですが」

「俺もだ。火野さん、何か気付きましたか？」

「いや、こっちも何も――」

全員が困惑する。俺は機体を前傾させ、ゆっくり機首を旋回させた。メインカメラを四方に向け、笹や竹などの生きた植物が点在する岩風呂のエリアを、じっくりと隅々まで観察する。

竹藪《たけやぶ》の間にある、滝つぼのような岩風呂に機首を向けたところで、あっと声を上げた。

「我聞先輩。あれ、見てください」

「なんだ?」

「魚です。魚の死体が浮いています」

奥の岩風呂には、白い腹を晒した魚の死体が浮いていた。一匹ではない。大量にだ。十匹以上はいる。

我聞先輩がキーボードを叩く音がした。

「……岩風呂の壁の向こうに、ちょうど水族館の水槽があるな。地震で壁が割れて、魚が流れてきたんだろう」

「なんで、死んでるんですか?」

「熱帯魚なんだろ。水槽から出されて、水温低下で死んだんじゃないか」

「サーモは? このへんの水の温度は、今どのくらいですか?」

少しの間。ややあって、答えが返る。

「……二十五℃。そんなに低くはないな。発電施設の温水が流れ込んできているのか?」

俺たちは無言になった。そのくらいの水温で、はたして熱帯魚が死ぬだろうか？

「ピラニアでも、いるんでしょうか……？」

佐伯さんが、冗談とも本気ともつかない呟きを漏らす。

クイッ、クイッと、機体が上下に少しぶれた。中川さんがワイヤーを引いているらしい。

底面カメラの画面を見ると、何かを伝えようと必死に片手を動かしている。声も発してい
るようだが、防煙マスク越しで聞こえづらいし、もともと発音も明瞭ではない。

俺はドローンを下げ、彼女の手話をメインカメラで捉えた。我聞先輩がバックヤードに
いる伝田さんに声を掛け、通訳をお願いする。

「水……痛い……変……」

水が痛い？

「地震で温泉の性質が変わって、酸性度が高まっているとか？」

花村さんがバックヤードから、マイク越しに口を出す。

「ここって天然温泉なんですか？」俺は我聞先輩に訊ねる。

「いや……ホームページの説明では、単に湧水を沸かしたものだと……」

俺たちはますます混乱する。いったい彼女は、何を言いたいんだ？

地下に意識を向けているうちに、地上にある俺の体にはいつしか日光がじりじりと照り

つけていた。陽ざしの角度が変わったらしい。俺は日陰に向かって移動しつつ、熱を持ったヘッドフォンに無意識に手をやる。目で見えないなら、耳に——そんな思考が働いたのかもしれない。

だが、それが功を奏したのか。プロペラの羽音と浴場の水音の合間に聞こえるかすかな異音に、ようやく気付く。

「先輩、この音」

「音?」

すぐさまカチャカチャとキーボードを弄る音。ややあって、「これか」と先輩の呟きが漏れ、ヘッドフォンの音質が変わった。俺が引っ掛かった音が鮮明になる。

バチッ……バチバチッ……。

「まずいな」

最初に口を開いたのは、火野さんだった。

「スパーク音だ。どこかで漏電しているぞ、これ」

俺たち一同は凍り付いた。

——漏電。

その危険性は考えていなかった――わけではなく、少なくとも救出計画を練っていたときは議題に上っていた。ＷＡＮＯＫＵＮＩの地下四層には、地下ダムの水力やゴミ処理施設の火力を利用した発電施設がある。それらの設備自体は地震直後に自動で停止していたが、ＮＡＳ電池というナトリウムと硫黄を使ったメガワット級蓄電池の電力貯蔵システムがまだ生きており、非常電源として現在も街に給電しているのだ。

そのため漏電火災なども警戒されていた。今回の避難ルートも、偵察ドローンや残った防犯カメラの映像などで安全性を確認した上で、策定されていたはずだ。

それでも見逃してしまったのは、おそらく――この明るさのせい。

これが暗闇なら、放電の火花はいやでも目についただろう。だが天井の光ダクトから降り注ぐ太陽光が、火花を隠してしまった――「明るいからこそ見えにくい」とは、何とも皮肉な話ではないだろうか。

それはさておき、ひとまず原因がわかり、バックヤードが早速対策の検討に入った。俺は熱を持った体を保冷剤で冷やしつつ、背後で議論する声に耳を傾ける。

「どうしましょう、長井さん？　ルートを変えますか？」

「しかし、これ以上安全なルートは見つかりません。地下五層の浸水も進んでいます」

「絶縁用の長靴を届けて、履いてもらうというのは？」

「配送に時間がかかります。それに転倒や落水したときの危険性は、変わりません」

主に質問しているのは花村さんで、答えているのが長井消防司令だろう。進むも困難、戻るも困難。留まり続けるのもまた危険だった。例の浸水のタイムリミットは刻一刻と迫っているし、それでなくとも足元には浴槽から溢れた水が薄く流れている。水かさや電圧の変化で、いつ感電してもおかしくない。

「電気を、止めましょう」

やがて長井消防司令が、思い切った口調で言った。

「電力会社に要請して、電力の供給を一時的に停止してもらう。それしかありません」

「けれど、長井さん」と、花村さん。「供給を停止すると言っても……」

「わかっています。地下の非常電源からの、送電の一時全面停止を要請します」

全面停止。俺はその判断の重さに驚いた。現在、ＷＡＮＯＫＵＮＩでは外部からの送電が止まっており、街の電力は各所の非常電源に依存している。中でも地下発電施設の非常電源は供給力の大半を占めるので、停止はほぼ街全体の停電を意味する。

「このフロアの送電だけ、止めるわけにはいかないんですか？」我聞先輩が訊く。

「それは難しいの」

花村さんが答える。

「見取り図を見ると、発電施設の送電網はほぼ全部このスパ施設のある区画を通過してから、各所に接続されている。漏電箇所が特定できない現状では、一部の送電だけ止めても無意味よ。だから止めるなら、全面停止しかないんだけど……」

花村さんは少し悩むように間を置いてから、長井消防司令に訊き返す。

「ですが、病院は？　避難所の冷房も、この酷暑で止めたら体調を崩す人が出てきませんか」

「病院には自前の発電設備があります。避難所は……我慢してもらうしか、ないでしょう」

長井消防司令は言葉少なに言ってから、大々的に宣言する。

「時間がない。作戦の責任は私が取ります。私から直接、上に掛け合いましょう」

「十五時二十三分。送電、停止しました」

佐伯さんのアナウンスを待って、俺はドローンを発進させる。

三十分。それが許可された時間だった。病院の自家発電の給電力には限りがあるし、この気温では熱中症の心配もある。長井消防司令が関係者と折衝を重ねたギリギリの時間が、三十分だったのだろう。

ただ、そもそもドローンの飛行可能時間自体、それほど長くはない。アリアドネは屋外の長距離移動に備えて大容量のバッテリーを積んでいるが、連続飛行できるのは無荷重《ノーロード》で六十分程度だ。ルートもそれに合わせて選定してあるため、予定ではスパ施設を通過するまでの飛行時間は、あとせいぜい二十分程度。充分通過可能だ。

ちなみにドローンの電波については、チューブを出たあとは地下施設の無線ＬＡＮのものを利用していた。こちらは無停電電源装置（ＵＰＳ）という電源バックアップシステムがあらかじめ導入されていたため、停電後も電波については特に心配する必要はない。

大丈夫。間に合う。俺はそう自分に言い聞かせ、操作機《プロポ》のスティックを操る指先に意識を集中する。

中川さんがワイヤーの動きに機敏に反応してくれるため、移動は思った以上にスムーズだった。無人の大浴場には動く障害物はないし、光ダクトのおかげで周囲は地上のように明るい。そこまで怖いこともない。

この調子であれば、問題ない。そう、気持ちに余裕ができ始めた、そのとき。

ズズズ――。

突然ヘッドフォンに、何かが滑り落ちるような雑音が割り込んだ。

何だ？

そう思った瞬間、バシャーンと何かが落水する轟音が耳朶《じだ》を打った。

続いてガラガラと、大きなものが崩れ落ちる音。水しぶきが上がり、ドローンのメインカメラのレンズに水滴が付く。

直後に、ぐんと視界がぶれた。

景色がものすごい勢いで横に流れる。――スピン。そう認識する間もなく、目の前に急激に浴槽のタイルが迫り、視界いっぱいに広がる。

ガツン――ガシャン――パリン！

視界がブラックアウトした。俺は一瞬唖然としたあと、すぐに我に返り、ゴーグルを上げて我聞先輩に嚙みつかんばかりに問いかける。

「先輩、今、何が⁉」

我聞先輩はノートパソコンの画面を見ながら、険しい表情をしていた。

「崩落だ」

「崩落？」

「天井から何かが落ちた。おおかた光ダクトでも外れたんだろう。それを避けようとして、中川さんがバランスを崩し、ワイヤーを急に引っ張ったんだ。それで機体が墜落した」

「え？　じゃあ今、中川さんは――」

「わからない。高木、機体は動くか？」

我聞先輩の強張った声に、ハッとする。そうだ、機体は？　ドローンのパイロットとして最大のミスは、機体を「墜落」させることだ。故障のリスクもあるし、落ちた場所や体勢によっては自力で再離陸できなくなる。

頼む――。

ゴーグルを掛け直し、祈る気持ちでスティックを逆ハの字に押し込む。

プロロ、と羽音が響いた。少し遅れて、視界右上に表示されている高度の値――床からの垂直距離を表す数値が、上昇を示す。

ふうと肩の力を抜いた。バックヤードからも安堵のため息が漏れる。

だが中川さんの姿を探そうとして、すぐに俺の体が固まった。

「我聞先輩」声が上ずる。「画面に……何も映りません」

「だろうな」先輩が冷静に答える。「メインカメラだけでなく、底面カメラも反応がない。どちらも死んでいる。落下の衝撃で壊れたんだ」

「え？　ってことは――」

場が静まり返る。無言の先輩を前に、俺の指先がすうっと冷たくなった。

誰もが言葉を失う中、佐伯さんの感情を押し殺したアナウンスの声が冷徹に響いた。

「十五時二十八分。ＳＶＲ－Ⅲ、墜落により、フロントカメラと底面カメラが大破。視界を、失いました」

4

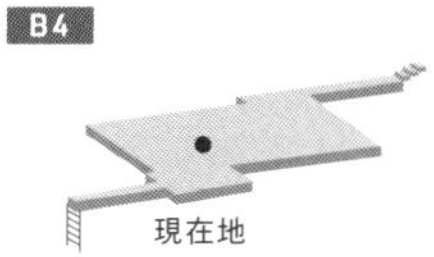

現在位置：地下四層スパ「アンダーグラウンド・パラダイス」
シェルターまでの距離：１５００メートル
三層浸水まで：３時間52分

背筋に、冷たいものが走った。

視界を——失った。

視界喪失。あってはならないミスだ。盲ろうの人を救助に来て自分も目が見えなくなるなど、悪い冗談でしかない。

「——予備機を！」

すかさず花村さんが叫ぶ。

「代わりのドローンを準備してください！　誘導を交代させます！」

「無理です！」佐伯さんの悲鳴に近い声。「今、手元に使えるドローンは一台もありません！　どこかから借りてきて送り込むにも時間がかかりますし、ワイヤーなどの準備も必要です」

「なら、さっき墜落したドローンは？　あれなら距離も近いですし――」

「駄目です！　あれはもうバッテリー切れです！」

バックヤードが騒然となる。俺も彫像のように固まった。だがそんなふうにパニックに陥る俺たちの中で、ただ一人、我聞先輩だけが冷静かつ素早いカバーに入る。

俺の真っ黒なゴーグルの画面が、パッと切り替わった。

黒い背景に、細かい白点の像。一昔前の３Ｄゲームのような、粗い立体画像。

「高木。見えるか？」

「は、はい……これは？」

「点群データだ。ＬｉＤＡＲの計測点をモデリングソフトで表示した」

カメラの代わりに、センサーで計測したデータから視界を合成してくれたらしい。ＳＶＲ‐ⅢにはＬｉＤＡＲという、レーザーパルスを照射して対象物との距離を測定する測距レーザーがついている。これで障害物との接触を避けたり、周辺の地図を作成して自分の位置を推定したりするのだが（後者が先述の「ＬｉＤＡＲ　ＳＬＡＭ」）、その計測値である「点群データ」という点の集まりを、そのまま三次元座標に投影したようだ。リアルタイムで表示するにはマシンパワーが必要だが、ＳＶＲ－Ⅲは専用のグラフィックエンジンを搭載することで計算を実現している。

「水面があるので精度はあまり信用できないが、おおまかな地形や障害物くらいは確認できるはずだ。どうだ、これで進めそうか？」

「……大丈夫。行けそうです」

点群データはいわば「点描」みたいなもので、高性能な３Ｄレーザースキャナを使えば、それこそ実写ばりの精密３Ｄモデルが作成できる。だがＳＶＲ－Ⅲのそれはあくまで救助活動のための補助的なものだし、不安定な飛行をしつつのリアルタイム表示になるので、どうしても精度は粗くなる。またレーザーは光の反射や吸収に弱いので、反射率の高い水面近くではさらに正確性は下がる。

事実、目の前の映像はところどころ歪んだり、穴が空いたりしていた。それが計測誤差によるものなのか、はたまた実際に崩れた箇所なのかは判断が難しいところだが——しかし何も見えずに進むよりは、百万倍は心強いに違いない。

勇気づけられる俺の視界に、さらに虹色の彩りが加わる。

「サーモも重ねた。中川さんが水上にいれば、これで確認できるはずだが……」

赤外線サーモグラフィの温度表示も追加してくれたようだ。このサーモ映像も精度を上げれば実写に近い形状を得られるが、残念ながら今回はそこまでの解像度はない。もやっとした色の塊が見える程度だ。これはカメラの性能というより、サーモグラフィのデータ送信に使える通信量の問題だろう。通信速度の遅い回線では、動画が粗くなるのと一緒だ。

だがそれでも、動いているものを認識するには充分だ。俺は先輩の迅速なサポートに感謝しつつ、じっと画面に目を凝らす。どこだ。いったいこの閉ざされた空間の中のどこに、彼女はいる――？

「見つけた！」

最初に声を上げたのは、火野さんだった。

「教官、左斜め前！　十時の方向！」

俺は咄嗟に機首を旋回させた。粗い白黒映像の中に、赤い亡霊のような斑点が蠢《うごめ》いている。

「彼女か？」

「……だと思います」

我聞先輩の問いに答えつつ、機体を恐る恐る接近させる。亡霊の輪郭はしきりにでこぼこと変化していた。ドローンを探して腕でも伸ばしているのか。

さらに近づくと、急に亡霊の動きがせわしくなった。プロペラの風を感じたのだろう。やがて亡霊がドローンの真下の死角に入り、くいっと機体が上下にぶれる。ワイヤーを摑んだらしい。

「……とりあえず、無事のようだな」

我聞先輩がホッとした声で言う。

「ですね。――床にある、オレンジ色の物体は何でしょうか」

「バックパックじゃないか」

「少し温度が高くないですか？」

「発熱剤だろう。水没して、発熱剤が反応したんだ」

さきほどの休憩時、彼女は暖を取るために発熱剤を利用している。そのとき開封したパックの一部が水に濡れ、反応してしまったのだろう。ということは――やはり彼女は、一度落水したということだろうか。バックパックを下ろしたのは、救急セットを出して手当てでもしていたのかもしれない。

つまり彼女は、落水した拍子に怪我をしている？

新たな懸念が生じた。重傷でなければいいが。彼女の状態を確認しようと試みにドローンを少し移動させてみると、赤い亡霊はその動きにつられるようについてきた。ひとまず移動はできるようだ。

だがそこで、思わぬ抵抗があった。

クィッ、クィッ。

機体が細かく上下する。中川さんがワイヤーを引っ張っているらしい。

なんだ……？

機体をいったんホバリングさせ、しばらく映像や音を確認する。しかしサーモでは解像度が粗いし、声もマスク越しなのでよく聞こえない。

伝田さんにも音声を確認してもらったが、やはりよくわからないようだった。カメラが壊れているので、さっきのように手話を読み取るわけにもいかない。パンッ、と再び腿を打つ合図が聞こえるが、今度ばかりはまったく意図が汲めなかった。長井消防司令が念のため電力会社に確認を入れたが、送電は確かに止まっているらしい。

「十分経過。送電再開まで、残り二十分です」

佐伯さんのカウントダウンが流れる。時間がない。俺たちの間に焦りが走る。

不安はあったが、結局俺たちは移動を優先することに決めた。制限時間がある以上、ここで足踏みしているわけにもいかない。

動き出したドローンをワイヤー越しに感じて、彼女も諦めたのだろう。ワイヤーを引く手が止まり、赤い亡霊が少し戻って、バックパックを背負うような動きを見せた。思うように意思疎通が図れないことへのもどかしさを覚えつつも、俺は気持ちを切り替え、点群データの白点の世界の中をさまよう中川さんの赤い影を一歩一歩、牛歩の歩みで誘導していく。


「すみません、火野さん。ドローンを墜落させてしまった上、時間まで……」

「いやいや。教官はベストを尽くしましたって」

――結局俺は、制限時間内に漏電地帯を抜けることができなかった。

理由は主に二つ。一つは、俺が慣れない点群データ映像での操縦に手間取ったこと。もう一つは、中川さんの足取りが異様に重かったことだ。

後者の原因はよくわからないが、やはり浴槽に落ちたときに足首でも痛めたのかもしれない。何にせよ今のペースでは時間内に通過できないことが決定的になったとき、長井消防司令が再度関係者と交渉し、停電時間をもう二十分、延長してもらうことになったのだ。

それで何とかスパ施設を抜け、次の中継地点――地下四層温水設備エリア、チューブ搬出入口「Ｂ４Ｎ２」の充電ポート――まで辿り着いた。前回と同じく中川さんの休息を兼ねた充電タイムが始まったところで、俺は火野さんと二度目の休憩を取りに、さきほどの教室までやって来ていた。

教室に入って驚いたのは、冷房が効いていたことだ。停電が回復したと言っても電力にあまり余裕はないはずだが、俺たちの短い休息のために周囲が気を利かせてくれたのだろう。これはありがたい。感謝しつつ、凝り固まった体をほぐそうと大きく伸びをする。前回より操縦時間が長かったせいか、全身の筋肉が固かった。特に指先のこわばりがひどい。

「しかし……つくづく驚かされるな、彼女には」

例によって給食室からの差し入れの飲み物（今度は瓶入りのコーヒー牛乳だ）を飲みつつ、火野さんが感心したように呟く。

「漏電には気付くし、浴槽に落ちても全然動じない。自分も災害現場にはさんざん居合わせましたが、あそこまで肝の据わった要救助者はなかなか見ませんよ。サバイバルの訓練でも受けてるんじゃないか、彼女？」

火野さんの軽口を聞きながら、頭にふと、前に伝田さんが口にした台詞が浮かんだ。

――博美さんにとっては、変わりませんから。

「それは」自然と口が開く。「変わらないから……じゃ、ないでしょうか」

「だから、同じなんですよ。彼女にとっては、地下も地上も――いきなり水に落ちたり、突然訳のわからないトラブルに巻き込まれることも」

俺は想像する。誰がいつ助けに来るともわからない地下深くの暗闇に、何一つ連絡の手段もないまま、たった一人で取り残される――それは多くの人にとって、まさに悪夢のような状況に違いない。完全なる孤立。兄貴の絶望。子供のころの俺にとっての、「恐怖の象徴」だったもの。

だがよくよく考えてみれば、彼女は常にそうなのだ。

その状態こそが、彼女にとっての「普通」なのだ。

光があろうとなかろうと、何も見ることはできない。誰かに気付いてもらわない限り、自分から助けを求めることもできない。

瞼《まぶた》の裏に、暗闇の水面で静かに背浮きしていた彼女の姿が浮かんだ。恐怖に叫びも暴れもせず。ただ淡々と、己が周りの自然物の一部になったかのように――いつから彼女は、ああして世界に抗わないことを覚えたのだろう。

「火野さん」コーヒー牛乳の瓶を握る手に、知らず力が入った。「彼女……絶対に、助けましょうね」

「変わらない？」

「もちろん」

火野さんはニヤッと笑うと、俺の背中をバシンと叩く。

「無理と思ったら、そこが限界なんだろ？　教官」

え？　と戸惑い顔をする俺に、火野さんはおどけた笑みを浮かべた。「そう何度も言っていましたよ、講習で」そう言い残して、去っていく。あれ、とつい苦笑いした。火野さんにまで話していたのか。自分の無自覚さに呆れると同時に、口癖もほどほどにしないとな、と反省する。でないとまた、知らないうちに誰かの不評を買いかねない――韮沢のときと、同じように。


コーヒー牛乳を飲み干し、気合を入れ直して教室を出ようとする。するとそこで、入れ替わりのように誰かが教室に入ってきた。男性だ。四十代くらいで、消防士の制服は来ていない。ポロシャツとチノパンというカジュアルな格好だ。市役所の職員だろうか。

男性は俺と目が合うと、ぺこりと一礼してから訊いてくる。

「すみません。ここ、喫煙可ですかね？」

「あ、どうでしょう……わかりません」

喫煙場所を探しているのか。会釈して通り過ぎようとすると、ガツンと肩が当たった。

男性がドアを塞ぐようにして立っている。

「お宅さんでしょ?」

ヤニ臭い息を近づけながら、急に馴れ馴れしい口調で訊いてくる。

「ドローン、操縦してるの」

言い方に、不快なものを覚えた。

「……あなたは?」

「俺? 俺はまあ、メディア関係者といいますか――」

――メディア関係者?

「取材なら、災害対策本部を通してください」

素っ気なく言い放つ。だが男性はニヤニヤ笑うばかりだった。――なんだ、コイツ?

無視して通り抜けようとすると、今度はあからさまに体で邪魔してくる。

「お宅さんは」俺を見下ろすように言う。「この状況のこと、どう思う?」

「……どうって?」

「地下っていうのは普通、地震に強いんだってね。それがまあ、こんなにボロボロ崩れやがって。どんだけ手抜き工事してやがるんだ。プレハブかっつうの」

「……活断層のせいだと、聞きましたが」

「そりゃあ、活断層のせいだろうよ。俺が言いたいのはね、その活断層の調査はきちんとやったのか、ってこと。お宅さん、ご存じ？　もともとこのプロジェクト、活断層の問題があって中断していたんだぜ。それが今の知事になった途端、とんとん拍子に話が進んだって――なあんか、臭うよなあ？」

不正なデータ隠しでもあったといいたいのか。俺が反応に困っていると、男性はうへっと卑しい感じで笑う。

「そもそもこの殿山って男は、悪い噂が絶えなくてね。国会議員時代もＩＲ誘致で汚職疑惑が上がってるし、今回のプロジェクトでも、弟が経営するＩＴコンサル会社に多額の金が流れてるって噂だ。何に忖度《そんたく》してんのか、テレビじゃまったく報道しねえけどな。まあ総工費ウン千億円規模の、巨額プロジェクトだもんな。そりゃあハイエナどもが群がるだろうって話」

「あの……関係ない話でしたら、これで……」

「でもよ」男性は無視して喋り続ける。「今の時代、そうは問屋が卸さねえよなあ？　なにせネットってものがあるからよ。現代はネットこそ正義だぜ。でさ。今そのネットの正義マンたちの間で、ある一つの疑惑が持ち上がってるのよ。詐称疑惑っつうか――」

「詐称疑惑？」

「彼女」男性は胸ポケットからタバコの箱を取り出し、一本口に咥える。「殿山の、姪っ子らしいな」

「え？」

「ほら。今お宅らが救出中の、例の三重苦の——ええと、中川博美さん？　身内びいきって批判が出始めてからは自重中のようだが、知事選のころは、殿山が自分から積極的にアピールしていたぜ。私の親族にも、重い障害を抱えた女性がいます。そんな彼女でも明るく笑って過ごせるような社会を、私は作りたい——なんつってな」

「…………」

「つまり、神輿《みこし》を担いで身内を〈アイドル〉に祭り上げた、ってわけ。ちなみに彼女がユーチューブを始めたのが殿山の知事になる一年前で、チャンネル登録者数が十万人を突破したのが、殿山の知事選挙戦中——お互い、順調にステップを踏んでいるよなあ？　なにせ『見えない・聞こえない・話せない』の三重苦を抱える『令和のヘレン・ケラー』だ。どんな生活をしてるのか、誰でも興味持つわな。

　しかしそこで容易に踊らされないのが、ネットの正義マンってやつでね。世間で人気がうなぎのぼりの彼女を見て、彼らはまずこう思うわけよ。はたして彼女の障害は、本物か——？」

俺の手が、反射的に男のポロシャツの胸元に伸びた。

「おっと」男性は両手を上げ、「違うのよ。今のは俺のじゃなくて、ネットのね。ネットの意見。だからね、俺は真実が知りたいのよ。実際に救助活動しているお宅らの目から見て、どうなのかなって――」

「高木さん。そろそろ充電が完了しますので、ご準備を――」

そこで佐伯さんが俺を呼びに来た。彼女は俺たちの様子を見てまず固まり、次いで男性の顔を見やって、ハッと何かに気付いた表情を見せる。

「あなたは――」

佐伯さんは言葉を止め、男性を睨みつけた。

「ここ、部外者立ち入り禁止なんですが」

「ああ、そうでしたか。すみません、入り口で止められなかったもので……」

男性は白々しく嘯《うそぶ》くと、火を点ける前だったタバコを箱に戻して、慇懃《いんぎん》無礼に頭を下げた。俺を見て肩をすくめ、そそくさと教室を出ていく。

「あ、そうそう。最後に一つ――」

ドアをくぐり抜けざま、男性は肩越しに振り向いて言った。

「お宅、時間かけすぎたね」

怪訝な表情をする俺に、男性はニタアと意味深な笑みを向ける。片手を挙げ、飄々《ひょうひょう》とした足取りで去って行った。

現場に戻る途中、俺は佐伯さんに訊ねた。

「さっきの人、知り合いですか？」

「え？　あ、いえ……でも、誰だかはわかります」

佐伯さんは早口で答える。

「高木さん、知りませんか？　あの人、暴露系で有名なユーチューバーですよ。コバッシーっていう」

暴露系ユーチューバー？

「芸能人の秘密を暴露したり、誰かの不正行為などをスクープして再生数を稼ぐっていう――私の推しの声優も、交際を暴露されて引退を余儀なくさせられました」

「推しの声優？」

「あっ、いえ――ともかく、今、私たちが行っている救助活動の件も、ネットでいろいろ騒がれていますから。それで探りに来たんでしょう。いったいどこから情報が洩れているのやら」

「ネットで騒がれている？　それってどういう——」

「大丈夫。くだらない書き込みです。気にしないでください」

佐伯さんの言葉で、逆に気になった。現場に戻ると、すでに火野さんがモニター前のパイプ椅子に座って待機していた。手に持ったスマホを、どこか険しい顔つきで眺めている。

俺はハッとして、声も掛けずに後ろに回り込んだ。あっと佐伯さんが止めに来たときにはもう、すでに画面を覗き込んでいた。

——時間かかりすぎ。救助隊は無能か？

——熱中症で死人出るだろ、これ。

——なぜたった一人の○○○のために、私ら健常者が犠牲にならんといけんのか。

——○○○といっても、知事の身内だろ。上流階級は特別なんだよ。

——最小少数の最大幸福。

思わず口に手をやった。火野さんが後ろから覗く俺に気付いて、慌ててスマホを膝の上に伏せる。

「苛立《いらだ》ってんですよ」フォローするように言う。「ほら、この暑さだから。さっきの停電で冷房が止まって、不快指数がマックスまで上がってるんだ。また冷房で体が冷えりゃ、連中のおつむも冷めますよ」

——お宅、時間かけすぎたね。

そういうことか、と理解する。もともと停電は三十分の予定で、住民にもそうアナウンスされていたはずだ。それが俺たちの遅れでさらに延長となり、人々の不満が高まったのだ。

「大丈夫。全然気にしてませんよ」

俺はそう軽い調子で返して、準備された操作機《プロポ》やゴーグルなどを取りに行く。そう、気にする必要などない。こんなのはただの雑音《ノイズ》だ。誰かが何かをしようと動けば必ず周囲に発生する、無意味で耳障りなだけのノイズ。

こみ上げる不快感と怒りを抑えつつ、ヘッドフォンを耳に当てる。そこで音が入っていないことに気付いた俺は、顔を上げ、ノートパソコンの前で仏頂面をしている我聞先輩に声を掛けた。

「先輩。音」

「ん？　あ、ああ。すまん……」

生返事だった。首を傾げ、先輩に近寄る。先輩は片耳に別のヘッドフォンを押し当て、何かを集中して聞いていた。手前のパソコンの画面には、音響分析ソフトの波形グラフが表示されている。

「どうしました？」

「いや。ちょっとな」

我聞先輩がちらりとこちらを見た。続いて画面の時計表示に目をやり、「まだ時間あるか」と一人呟く。

「高木。ちょっとこれ、聞いてくれないか」

小声で言って、キーボードを叩き出した。

俺のヘッドフォンにも音が流れた。ＳＶＲ－Ⅲが録音した環境音だ。アリアドネシリーズでは救出活動の検証や後々の法的トラブルに備えるため、機体から送信される映像や音のデータは自動で保存される仕様になっている。

俺が耳を澄ませると、パチンというボタンを押すような音が聞こえた。

「聞こえたか？」

「はい」

「何の音だと思う？」

「何かのスイッチを入れる音……でしょうか」

「……やっぱ、そう思うか」

我聞先輩が腕を組んだ。思った以上に長い沈黙に、困惑しつつ訊ねる。

「先輩。この音が、何か？」

「………………」

我聞先輩は返事の代わりにマウスを弄り、画面に地下の見取り図を表示させた。

「今、彼女――中川さんがいるのが、ここ。地下四層の温水設備エリアにあるチューブ搬出入口、『R4N2』の充電ポートだ。ここは配送荷物の梱包作業部屋も兼ねていて、ドローンだけじゃなく作業員も出入りする空間になっている」

「はい。……！　それが？」

「この音が聞こえたのは、ちょうど彼女がこの作業部屋に到着したときだ。そのときは空耳かと思ってスルーしたんだが、こうして再確認してみると、やはり彼女はここで何かのスイッチを入れたらしい。

でな、高木。ここからが本題なんだが――実はこの部屋には、スイッチと言えば一種類しかない」

「一種類？」

「ああ。照明用のスイッチだ。センサーで動くドローンには不要だが、人間の作業員はどうしたって明かりが必要だからな」

ふうん、と途中まで聞き流しかけ、ふいに体が固まる。

照明用スイッチ……？

俺は目を見開き、我聞先輩の顔を凝視した。

「なあ。おかしいよな」

先輩は頷き、静かに訊き返す。

「なぜ目が見えない彼女が、照明のスイッチを入れたんだ？」

Ⅳ
疑惑

Suspicion

私を優しく愛してくださったアナグノス先生は、自分はだまされたと思われ、愛と無実を訴えても、もう耳を貸してくださいません。先生は、サリバン先生と私が、故意に他人のすてきな考えを盗んで、先生に褒めてもらおうと押し売りをしたのだと信じられたか、少なくとも疑われたのです。

――「ヘレン・ケラー自伝　私の青春時代」ヘレン・ケラー著

1

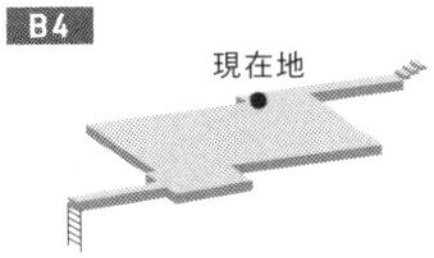

現在位置：地下四層チューブ搬出入口Ｂ４Ｎ２
シェルターまでの距離：９９０メートル
三層浸水まで：２時間52分

——なぜ日が見えない彼女が、照明のスイッチを入れたのか。

俺はしばし固まった。混乱し、思考が停止したのだ。横長の毛虫のような波形グラフを見つめながら、必死に考えを立て直す。

「たまたま……じゃ、ないでしょうか」

ようやく、口を開いた。

「壁に手を突いた時に、偶然スイッチを押してしまったとか。照明用のスイッチなら、入り口付近の、手の届きやすい場所にありますし」

「まあ……そう……だよな」

我聞先輩も自分に言い聞かせるように、

「すまない。出発前に余計なことを言った。忘れてくれ」

「はい……」

曖昧に返事をしつつ、操縦の立ち位置に戻る。どこか上の空のような感覚でゴーグルやヘッドフォンを身に着け、操作機《プロポ》を構えて佐伯さんの出発の合図を待った。

待機する中、頭の中を様々な思考が駆け巡る。

首を振り、深呼吸した。やめろ。妙なことを考えるな。今はとにかく、彼女を救出することだけに集中しろ。

「高木さん。出発予定時刻です」

佐伯さんのアナウンスに、機械的に反応する。

「了解です。SVR－Ⅲ、離陸します」

「十六時三十分。SVR－Ⅲ、離陸」

ドローンが、上昇した。

目の前に、点群データの粗い白黒映像と、サーモグラフィの虹色の光彩が広がる。

慣れない視界に最初は戸惑ったが、今ではだいぶ感覚を摑んできた。ただ底面カメラが故障したので、直下近くでワイヤーを掴んでいるはずの中川さんの姿は視認できない。ゴーグルの画面下部に表示される、ワイヤー張力の数値だけが頼りだ。

張力の数値が一定範囲に収まるよう速度を調整しながら、ドローンを進ませる。

次の目的地は、地下三層西区の流通エリアにある「共同物流倉庫」だった。

そこには各配送路へのハブとなっている大型チューブ搬出入口と、充電ポートがある。

俺たちはドローンで中川さんを地下四層から三層へ移る階段まで誘導すると、まずそこを上ってもらった。続いて北に向かい、さらに少し進む。やがてヘッドフォンから、佐伯さんのアナウンスが聞こえてきた。

「十六時四十分。ＳＶＲ－Ⅲ、地下三層西区水耕栽培エリア、株式会社『ハーベスト・アース』の作物保管庫に到着しました」

――作物保管庫。

物流倉庫へのルートの途中にあるポイントだった。ＷＡＮＯＫＵＮＩの地下三層は、工場や倉庫などの産業用区画となっている。中でも一風変わっているのが、生きた植物を扱うこの「水耕栽培エリア」だ。ＷＡＮＯＫＵＮＩの地下で農業《アグリ》ビジネスに挑戦するベンチャー企業は多く、この一帯は農作物を生産する「植物工場」で占められている。

この「作物保管庫」は、収穫物を保管するためのものだろう。ナビゲーションの緑色の矢印は、倉庫の方角を示していた。指示通り、シャッターの上がった入り口らしきところをくぐると、左右に直線的な構造物が並ぶ白黒映像が浮かび上がる。

棚だ。列の間隔は広く、ドローンと人一人が通るには充分なくらいだ。

ただし天井が低いため、あまり高くは飛べない。俺は高度に注意を払いつつ、ゆっくりとドローンを前進させる。

パンッ。

唐突に、腿を打つ音が聞こえた。

――「止まれ」、の合図。

条件反射でドローンを静止させた。なんだ？　いったい何が起きた？

「どうした、高木？」

「わかりません」

ついさっきまでの感覚で底面カメラのワイプ画面を覗こうとし、舌打ちした。カメラはすべて壊れている。すぐに視点を戻し、目の前の点群データとサーモグラフィの映像を注視するが、どちらも解像度が粗いため、細部は確認できない。

ゴーグル画面の上下の端に表示された、各種センサーの数値に目をやる。気温。湿度。ガス濃度。どれも特に異常はない。

「高木……あれ、なんだ？」

するとそこで、我聞先輩が何かに気付いた。同時にゴーグルの視界中央に、いびつな円状の赤いライン。先輩がマウスで画面に直接線を引いたらしい。

そこを注視する。円の中央、左側の棚の隙間に、ちらちらとサーモの赤い色彩が見えた。

火……いや、お湯？

訝りつつドローンを近づけた俺は、ハッと息を呑む。

棚の向こうに、赤いまだら模様が広がっていた。

小さな赤丸が、まるでブドウの房のように連なっている。全体の形状は一定ではなく、もぞもぞと赤丸が相互に入れ替わりながらせわしなく変化していた。まるでアメーバだ。

思わず操縦の手が止まる俺の耳に、ノイズを通して不吉な物音が届く。

キィッ……キィッ……。

油の切れた蝶番《ちょうつがい》が立てるような音。

「先輩。これってもしかして……」

一拍の間。ややあって、我聞先輩が忌まわしげな口調で答えた。

「ああ。ネズミだ」

2

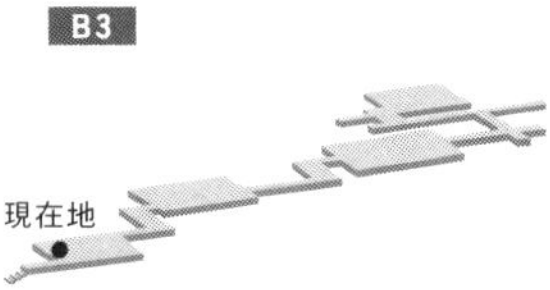

現在位置：地下三層「ハーベスト・アース」作物保管庫
シェルターまでの距離：６００メートル
三層浸水まで：２時間37分

「十六時四十三分。ＳＶＲ－Ⅲ、進行方向にネズミの群れらしき集団を確認」

佐伯さんのアナウンスに、周囲がざわついた。

ネズミ……だと？

手探りでペットボトルを掴んで素早く水分補給をしつつ、俺は判断に迷う。それははたして、危険な対象なのだろうか。これが目の見える女性なら、嫌悪や恐怖感でパニックに陥ったりするかもしれないが――。

「勘弁してくれよ。苦手なんだよ、アイツら……」

珍しく、我聞先輩の弱ったような声が聞こえた。少なくとも、先輩には脅威だったらしい。意外な弱点だ。

それはともかく、バックヤードもさすがに対処に困っているようだった。事前の作戦会議でネズミが議題に上ることはなかったから、偵察ドローンで下見した時点ではいなかったのだろう。逃げ場や食料を求め、どこかから移動してきたに違いない。

「ネズミ程度なら、ドローンが近づけば勝手に逃げていくんじゃないか？」火野さんが言う。

「いいえ」と、我聞先輩。「決めつけは危険です。この街の動物ならドローンには慣れていると思いますし、ドブネズミなんかは、下手に刺激すると逆上して人に向かってきます」

「向かってくるといっても、たかがネズミだろう？」

「アイツらを舐めないでください。アイツらは狡猾で凶暴な生物です。幼児や老人など、弱いもの相手なら容赦なく襲ってきますし、実際赤ん坊が嚙み殺された例だってあります。俺の尻にも、幼稚園のころに嚙まれた傷のあとがまだ残っています」

実体験だったらしい。だが、それが本当なら少々厄介だ。ネズミたちが盲ろうの中川さんを弱い敵と認識したら、餌場に入り込んだ彼女を追い払おうと、襲ってくるかもしれない。

「ライトは？　光を当てれば、逃げませんか？」

佐伯さんの提案にも、我聞先輩は陰鬱な声で答える。

「無理です。ＬＥＤライトは、さっき墜落したときにカメラと一緒に壊れて――あっ」

そこで小さい声が上がった。何だろう。妙案でも思いついたのかと思ったが、話はそのまま途切れ、先輩は急に黙り込んでしまう。――なんだ、いったい？

「まずい」火野さんが呟く。「一匹、こちらに気付いたぞ」

赤い斑点が一つ、塊からこぼれ出ていた。斑点はトコトコこちらに近づいて、ドローンの少し手前の床で立ち止まる。ドローン――あるいは中川さんを、観察しているのか。

どうする。俺は迷う。バッテリーのこともあるし、このまま留まり続けるわけにはいかない。一か八か、リスクを承知で進むしか――。

「あの」そこで、遠慮気味な声が聞こえた。「私……虫が苦手でして」

――虫？

伝田さんの声だった。テントに設置したマイクを通して、こちらに話しかけているらしい。

再び混乱する。これまたなんの話だ。今目の前にいるネズミはあくまで哺乳類であって、虫ではない。

「私の香水……ミント系なんですが、それをつけているのも、半分虫避けのつもりなんです。虫は、ミントの香りが苦手だと聞きまして。それで、その……もしかしたら、ネズミにも効果がある、なんてことは……」

少し、場が静まった。

頭の中で、パチパチッと何かが繋がる感覚。即座に俺は叫ぶ。

「我聞先輩！」

「いけるかもしれない」すぐさま返事が来る。「そういや聞いたことがある。ネズミはミントやハッカの匂いを避けるって」

「火野消防士長」と、長井消防司令。「パヒュームの液量は、まだ残っていますか」

「はい。充分です」

「では、作戦決行してください」

すぐさまＧＯサインが出た。早速俺はドローンの高度を下げ、赤い斑点の集合に接近する。プロペラの風を感じるのか、斑点たちが活発に動き始める。

「パヒューム、噴射」

「パヒューム、噴射します」

プシュッとヘッドフォンに小さな音が走る。息を呑んで画面を見守った。一秒――二秒――変化のない映像に、不安と期待が入り混じる。

やがて動きがあった。赤い斑点が一つ、集団からこぼれ出たかと思うと、一つ、また一つと、後を追うように赤い塊から離れていく。

ほどなくして、集団は雪崩《なだれ》を打ったように瓦解し始めた。まるで掃除機に吸い込まれるように赤い斑点は奥の空間に消え、あとにはサーモグラフィの青白い色彩だけが残される。

それを見て、俺の口からホッと脱力の吐息が漏れた。

無事ネズミの集団を追い払い、悠々と作物保管庫を抜ける。向かうは地下三層西区、共同物流倉庫にあるチューブ搬出入口「B3W1」だった。今の歩行ペースだと、現地点からそこまでの所要時間はおよそ十数分、対してバッテリー残量はまだ四十分以上ある。充分余裕だ。

「なあ、高木」

意気揚々と操縦していると、ヘッドフォンから我聞先輩の声が聞こえた。

「なんですか？」

「さっきのネズミの件、お前どう思う？」

「どうって……先輩にも、意外な弱点があるんだなって」

「俺のことじゃなくて」我聞先輩は少し嫌そうに言って、「中川さん。彼女、俺たちがネズミに気付く前に、『止まれ』の合図を送ってきただろう？　あれってやっぱり、先に気付いていたってことじゃないか？」

あっと小さく声を漏らす。

確かにあの合図は、俺たちが気付くより前に発せられた。むしろ合図のおかげで気付けたと言っていい。

「なんで彼女は、あの状況でネズミの存在を察知することができたんだ？」

「鳴き声……は、関係ないですよね。耳が聞こえないんだし」

「そうだな。足元に別に一匹いて、そいつに触ったとかも考えたが……サーモにはそれらしきものは映ってなかったし、それならもっと驚いたリアクションがあってもいいはずだ」

「なら、匂いで気付いたとか？」

「彼女は防煙マスクを着けている」

確かにそれでは匂いを嗅げない。俺は返答に詰まった。黙っていると、先輩は駄目押しのように続ける。

「だが、もし彼女の目が利くなら話は簡単だ。見取り図を見ると、あのあたりには非常口がある。非常灯の明かりがついていたはずだ。光でネズミが見えていたとしたら……」

俺はさらに黙り込む。

「疑惑は、もう一つある」先輩は続ける。「彼女の足が遅くなった理由だ」

「足が遅くなった……理由？」

「あれから少し、整理してみたんだよ。墜落の前後で変わったことは、いったい何か。それで気付いた。『光』だ」

「光？」

「あのとき、光ダクトは崩落した。ドローンのＬＥＤライトも、墜落の衝撃で壊れた。あの瞬間、彼女は光を奪われたんだ。彼女の足が遅くなったのは、周囲から『光』が消えてからなんだよ」

無言で目を瞠《みは》る。さきほどの先輩の「あっ」という呟きは、それに気づいたからか。

「……疑ってるんですか？　障害が、嘘じゃないかって」

「そうは言ってない。ただ……」先輩は躊躇《ためら》いがちに、「彼女が盛っている可能性はある、とは思っている」

盛っている――。

「一口に視覚障害と言っても、程度はいろいろらしいな。まったく光を感じないレベルから、光の方向は感じ取れたり、磨《す》りガラスのようにぼんやり形状は見えたり――まれにだが、中には回復する症例もあるそうだ。だから最初は嘘ではなくとも、徐々に実情と違ってきたってことも……。ただ高木、勘違いするな。俺は別に彼女を責めたいわけじゃない。単に事実を知りたいだけだ。もしそうなら、救助方法の幅が広がるからな」

当惑した。彼女の視力が……回復している？　そんなこと、はたしてありうるだろうか？

「……伝田さんに、確認してみるか？」

先輩が囁くように言う。ちなみに今の一連の会話は、俺と先輩だけのプライベートなボイスチャットで行われている（音声の入出力チャネルは先輩のパソコンで個別に変更できる）。そのためバックヤードはもちろん、火野さんや佐伯さんにも話の内容は聞かれてはいない。

俺は返事を渋った。真相を伝田さんに直接訊くというのは、やはり最終手段だろう。下手なことを言って信頼関係を壊したくないし、何より失礼だ。

それに俺自身、まさかという気持ちもある。これまで俺たちが必死になって助けてきた彼女の挙動は、まさに盲ろう者のそれだった。これほどの窮地にあって、人は他人を騙《だま》し続けることができるだろうか？　生きるか死ぬかの瀬戸際にあって、我が身を危険に晒すほどの完璧な演技が？

とてもそうは思えない。しかし……だからこそ、引っ掛かる。

なぜ彼女は、ネズミの存在に気付けた――？

「教官」

すると耳に、火野さんの声が飛び込んだ。

ハッとヘッドフォンに片手をやる。ボイスチャットの表示を見て先輩がプライベートモードをオフにするのを待ってから、返事をした。

「はい。なんですか？」

「聞こえますか、この音」

「どの音ですか？」

「これです。この、遠くのほうから聞こえる、ガシャーンって音――」

すぐにキーボードを叩く音がして、ヘッドフォンの音質が変わった。

ノイズが除去され、遠くの音が鮮明になる。

ゴーッ。ガタガタ。ウィーン、ガシャン。ピピピピ――。

これは……。

「機械音？」我聞先輩の声が割り込む。「ロボットでもいるんですかね？」

すると先輩の問いかけに答えるように、佐伯さんのアナウンスが響いた。

「十六時五十一分。ＳＶＲ－Ⅲ、地下三層西区流通エリア、共同物流倉庫に到着しました」

3

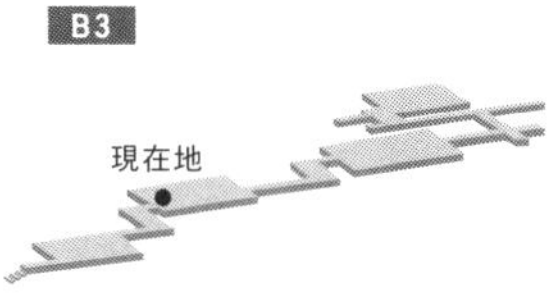

現在位置：地下三層共同物流倉庫
シェルターまでの距離：４５０メートル
三層浸水まで：２時間29分

物流倉庫。

その施設の名称に、俺は少し遅れてピンときた。

「先輩。もしかして、この音って……」

「ああ」

先輩が答える。

「フォークリフトだな。自動運転で勝手に動いてるんだ」

ＷＡＮＯＫＵＮＩの物流は、ドローンを始めとして高度にオートメーション化されている。倉庫も無人化が進んでいて、自動フォークリフトの一部がいまだ稼働していたらしい。

「我聞さん。彼女……これ、通り抜けられますかね？」

火野さんが訊ね、我聞先輩がうーんと唸る。

「危険ですね。短い距離ですが、フォークリフトは結構スピードが出ています。重量もかなりありますし、もし轢《ひ》かれでもしたら、大怪我する可能性は大です」

俺はゴーグルに映るサーモグラフィの映像を見つめた。おそらくモーター部分の熱だろう、火の玉みたいな赤い光点が、ガーッと短距離走のスタートダッシュくらいの勢いで視界を行き交っている。数は五、六台くらいか。

「長井さん」と、花村さんの声。「このフォークリフト、倉庫の管理会社に言って止められませんか？」

「掛け合ってみましょう」

長井消防司令が応じる。少し間があり、ややあって落胆気味の声が返ってきた。

「駄目でした。物流センターのシステムはダウンし、緊急停止信号も受け付けないそうです。地震でマンンの制御部分が故障し、暴走しているのでしょう」

「では、さきはどみたいに電力を……」

「バッテリー駆動のため、停電時でも動き続けるとのことです」

困った話だ。従順で勤勉なロボットも、こうなるとただの厄介な暴走集団でしかない。

「それと――もう一つ、あまり嬉しくないニュースが」

長井消防司令が、努めて平静な口調で続ける。

「階上の火災が、ついに地下三層まで延焼しました。火の手はもう、さきほどの保管庫あたりまで迫っているようです」

さらなる凶報に、思わず生唾を飲み込む。

地下三層でも火災。てっきり火は上に燃え広がるものとばかり思っていたが。しかし考えてみれば、ガス漏れや漏電による引火・飛び火など、火勢が階下に向かう要因はいくつもある。

「高木。高度を目いっぱい上げてくれ。全体を俯瞰《ふかん》したい」

我聞先輩の指示を受け、天井ギリギリまで機体を上昇させた。

そのままホバリングする。続いて我聞先輩が火野さんに何か言った。赤外線サーモグラフィなどの向きを微調整しているらしい。

視界が切り替わった。黒をバックにした平面的なマップの上に、白点やサーモグラフィの色が重ねられている。中心にある短い赤矢印は、ドローンの現在位置だろう。まるでカーナビの地図――それか俯瞰視点タイプのアクションゲーム画面だ。

「見えるか、高木？」

「はい……これは？」

「点群データとサーモグラフィのデータを、倉庫の見取り図上に投影した。このほうがフォークリフトの動きが見やすいと思ってな。どうだ？」

「はい。とてもわかりやすいです。ただこれ、なんていうか――」

「なんだ？」

「いえ……まるでゲームの画面みたいだな、と」

先輩が小さく笑う。

「かもな。ところで高木。お前、アクションゲームは得意か？」

「え？　えっと……まあ、普通です」

「俺は得意だ。ちなみに攻略のコツは、『敵の動きのパターンを読む』こと。このフォークリフトの群れを観察して気付いたんだが、こいつら、どうも動きに一定のパターンがあるな。進む、ぶつかる、曲がる、進む、またぶつかる――その繰り返し。動いているのも五台ほどだから、それぞれのパターンを読むこと自体はたいして難しくない」

「パターンを読む？……それってつまり、パターンに合わせて、中川さんを誘導していくと？」

「正解」

先輩がキーボードを叩く。

「ベストのタイミングはここだ。この一番西側のフォークリフトが、東の壁にぶつかってUターンするとき。そのタイミングで出発すれば、次にこのフォークリフトが同じ場所に戻るまでの約二十秒間、奥の出口まで一直線に通路が空く」

「距離は？」

「約十メートル」

二十秒で十メートル。秒速〇・五メートル。時速にして……一・八キロ。

「先輩。これまでの中川さんの平均速度って、わかりますか？」

「さっき計算した。直線部分でおよそ秒速〇・六メートルだ」

喉が、ゴクリと鳴った。

「ギリギリ　じゃないですか」

「ああ。ギリギリだ」

秒速〇・六メートルなら、二十秒で十二メートル。ほとんど余裕はない。それに〇・六という数字はあくまで平均値。調子が悪ければもっと遅くもなるだろう。

「無理よ。危険だわ」

バックヤードから反論の声が上がった。花村さんだ。

途端に侃々諤々《かんかんがくがく》の議論が沸き起こる。我聞先輩も交え、本作戦の検討が始まった。無謀だ。可能だ。ほかの迂回ルートは。見つからない。もっと代替案の検討を。駄目だ、そんな時間はない――。

聞いているうちに、俺の中に焦りが広がり始めた。まずいぞ。こうして議論している間も、刻一刻とバッテリーは減り続けている――。

「高木さん」

議論を収束させたのは、長井消防司令の俺への問いかけだった。

「その作戦は、我々の目から見て大変危険なものに映ります。ですが、実行するのはパイロットのあなたです。そこでお聞きします。あなたは、この作戦は可能だと思いますか？それともやはり、無理だと感じていますか？」

全員の視線が集まるのを感じた。ごくりと、生唾が大きな音を立てて喉を滑り落ちる。

「――大丈夫。行けます」
答えると、やや沈黙があった。少し間を置き、長井消防司令の厳かな声が返る。
「わかりました。では、作戦を許可します」
陽ざしは相変わらず強烈だった。うだるような暑さの中、俺はゴーグルに表示された迷路のような画面を覗き込みつつ、じっとタイミングを待つ。
十メートル。
もし彼女に目が見えれば、それは何ということのない距離だろう。
多少スピードがあるといっても、フォークリフトの動きは直線的。避けるのは難しくな
い。だがひとたび「視覚を使わない」という縛りを設けた途端、この何の変哲もない移動
は、途端に達成困難なゲーム――いわゆる「無理ゲー」に変貌する。
耳が聞こえないことも大きなハンデだ。もし彼女に声が聞こえるなら、いくらでも指示
が出せた。そこを左に。そこで十秒待ってから前に。だが現実には、俺たちは彼女に現在
の状況を伝えることさえできない。
さきほどから一向に動かないドローンのことを、彼女は今どう思っているのだろう。機
器のトラブル？　作戦相談中？　今、俺たちと彼女のコミュニケーションを繋ぐのは、

たった一本のワイヤーのみだった。画面を見つめる俺の頭に、ふと弱気な考えが走る。そんな貧弱な繋がりだけで、はたして俺たちは本当に彼女を誘導しきれるのか？　そして彼女は、俺たちをどこまで信じてついてきてくれるのか？

――それともやはり、無理だと感じていますか？

長井消防司令の台詞が、耳の奥に蘇る。

俺は深呼吸した。――いや、違う。弱気になること自体、間違っている。その問いは自分には無効だ。無理だと思えば、そこが限界。俺の辞書に無理という文字はない。どんな状況でも、俺は決して無理だと思ってはいけない。

でなければ俺は、兄貴の死から何も学ばなかったことになる。

兄貴の死を、無意味なものにしてしまう。

自分には無理だと思ってしまった臆病さが、兄貴を死なせた。その後悔は今も変わらず、きっとこのまま一生呪いのように付きまとうだろう。罪の意識から目を背ける方法はただ一つ、自分が兄貴になり代わることだ。「無理だと思ったら、そこが限界だ」――兄貴の代わりにその口癖を唱え続けることが、唯一の俺の贖罪の道なのだ。

兄貴なら諦めなかったはずのものを、俺が諦めるわけにはいかない。

そうだろう、兄貴。

「そろそろだ。準備しろ、高木」

　我聞先輩の声に、ハッと意識を現実に戻す。

　タイミングは先輩任せだった。視界もさきほどの俯瞰視点から、いつもの一人称視点（ＦＰＶ）に戻っている。そのほうが操縦はしやすい。

「３、２、１――今だ」

　先輩のゴーサインを受け、俺はゆっくりと前後移動《エレベーター》のスティックを前に傾けた。

「十七時〇一分。ＳＶＲ－Ⅲ、発進しました」

　佐伯さんのアナウンスが始まる。

「二十秒のカウントダウンを開始します。十九――十八――」

　焦るな。つい加速させたくなる気持ちをこらえ、何とかドローンを一定速度に保ちながら前進させていく。

「待て。彼女の出足が遅い」

　するとすかさず、先輩の制止が入った。中川さんが遅れているらしい。ワイヤー越しのため、ドローンの動きに中川さんが追随するまで若干のタイムラグがある。先輩はそれも計算に入れてタイミングを計ったはずだが、それでも出遅れてしまったようだ。

「これは……バックパックを拾い上げている？　重かったから下ろしていたのか。一度仕切り直すか……駄目だ、前に出てしまった。今から下がると横道から来るフォークリフトに衝突する。進め、高木。作戦続行だ」

サーモグラフィの映像から推測しているようだ。バックパックはまだ発熱剤の熱を持っているのだろう、赤い斑点として表示されている。重量はそれほど負担にならないよう計算されていたはずだが、水を吸って重くなったのかもしれない。

「高木。少しペースを上げろ。一秒ロストした」

一秒。指先に緊張が走る。

ドローンのスピードの微調整は難しい。風速、気流、プロペラの揚力に空気抵抗、慣性力──様々な要素が重なって、飛行速度は決定されるからだ。

しかも頼れる視界は今、点群データとサーモグラフィのデータから作成された合成映像のみ。正確性やリアルタイム性に欠け、流れる風景の速さはあまり参考にならない。

これまで培った操作の勘だけが頼りだった。指先に全神経を集中させつつ、隙あらばペースを逸脱しようとする機体の動きを必死にコントロールする。

「十一──十──」

カウントダウンが続く。先輩が何も言わないところを見ると、一応この速度でよいのだろう。中川さんも何とかついてきてくれているようだ。そうこうするうちにも機体は中間点の目印だった支柱を越え、すぐ目の前まで目標の出口が迫っている。

大丈夫。この調子なら間に合う。

安心しかけた、そのとき――。

突如、ふわっと視点が浮き上がった。

あっと思った。慌てて高度を戻すが、機体の上下の動きにこれまでのように下向きの抵抗力を感じない。

視界端に表示される数値を見て、青ざめた。

ワイヤーの張力――ゼロ。

「要救助者、ワイヤーを手放しました！」

俺は叫ぶ。途端に周囲が騒然となった。「手放した？」「どうして？」あちこちから疑問の声が上がる。

「転倒だ」我聞先輩が冷静に言った。「直前、彼女が倒れるような物音がした。何かに躓《つまず》いたんだ」

「躓いた？　でも、通路に転びそうなものは何も――」

「点群データの映像を信じすぎるな。タイムラグや解像度の問題で、正確性にはどうしたって限界はある。高木、高度を上げろ。彼女とフォークリフトの位置を確認する」

「はい！」

すぐさま機体を急上昇させる。視界が再びアクションゲーム風の俯瞰視点に切り替わった。機体の真下近くでもぞもぞ動いている赤点が、おそらく中川さん。その傍《そば》にある一回り小さな赤点は、転んだ拍子に落としたバックパックだろう。

二つの赤点に向かい、ひときわ鮮やかな赤点が迫ってきていた。フォークリフト。その進行方向は真っすぐ中川さんを向いている。

轢かれる――。

全身の血の気が引く。だが俺は唇を噛むと、キッと画面を睨みつけた。いや、まだだ。まだ諦めてはいけない。諦めない限り、助ける方法は必ずどこかにある――。

そうだ。

意を決し、上下移動《スロットル》のレバーを下向きに入れた。

「何するつもりだ、高木！」

「ドローンの体当たりで止めます！　先輩、視点を戻してください！　このままフォークリフトの足元に突っ込みます！」

「体当たりだと？　そうか、確かにその手が――だが待て、高木！」

先輩が叫ぶ。

「そっちじゃないい！」

——え？

画面上で、フォークリフトの赤点が急に方向転換した。LiDARで捕捉しきれない障害物でもあるのか、通路の何もない部分で直角に曲がり、明後日《あさって》の方向に向かっていく。代わりに違う道を進んでいた別のフォークリフトが、壁にぶつかって急旋回した。ドローンが向かうのとは反対方向から、中川さんに向かって猛スピードで突っ込んでいく。

俺の全身が凍り付く。

無理だ。

間に合わない——。

そう思った次の瞬間、我が目を疑った。

フォークリフトと中川さんの二つの赤点が重なり合う直前——片方の点が、ひょいと脇に動いたのだ。

避けた。

動いたのは、中川さんのほうだった。彼女は前方の床に落としたバックパックを拾い上げるような動作をして進むと、そのまま無事通路を渡り切る。

俺はぽかんと口を開けた。我聞先輩も、火野さんやバックヤードの面々も無言。少し間を置き、佐伯さんの事務的なアナウンスの声が、戸惑い気味に響いた。

「……同、十七時〇一分。要救助者、共同物流倉庫出口に到着しました……」

場には、奇妙な沈黙が漂った。

4

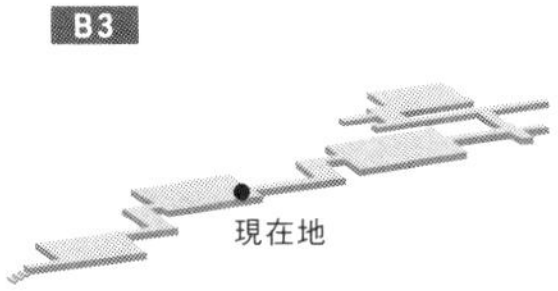

現在位置：地下三層チューブ搬出入口Ｂ３Ｗ１
シェルターまでの距離：３９０メートル
三層浸水まで：２時間17分

ドローンが倉庫出口近くの充電ポートに辿り着き、俺たちは何度目かの休憩に入った。

ここでの充電を終えれば、もう次の目標は最終目的地である緊急避難シェルター。ゴールは目前だ。

涼しい日陰に逃げ、タオルで全身の汗をぬぐっていると、気になる会話が聞こえた。

「長井。彼女は、本当に目が見えないのか？」

「そう、聞いております」

「なら、最後の動きはなんだ？　あれは完全に、目が見えている者の動きじゃないのか？　俺の目には、ノォークリフトを避けた上に、床に落としたバックパックまで拾って逃げたように映ったが」

いつの間にか、バックヤードに人が増えていた。長井消防司令が話しているのは、同じ消防の夏服を着た中年男性だった。胸元の階級章の星の数が、長井消防司令より一つ多い。救出活動の様子を見に来た上官だろうか。

「それは、どういう意味でしょうか？」

しかしその問いに噛みつくように答えたのは、介助者の伝田さんだった。

「博美さんは、正真正銘盲ろう者です。障害者手帳は視覚・聴覚ともに一級の重度盲ろうで交付されていますし、医師の診断書だってあります。それともまさか、博美さんが周りを騙して認定を受けたとでも？」

激しい剣幕だった。当の上官はやや気圧《けお》されたように、一歩後じさりする。

「いや、そうは言っていません。ただ……」

「彼女は嘘なんてつきません」伝田さんはやや声を昂《たかぶ》らせつつ、「私は彼女ほど誠実な人を知りません。この十年間、私はずっと彼女を傍で見守ってきました。その間、私が彼女に騙されたり、裏切られたと思ったことは一度としてありません。彼女は本当に努力家で、心優しくて、どんなことでも明るく前向きに捉えて……」

語尾が消え、手が口元を覆う。感情を抑えきれないらしい。しばらく、彼女は無言で肩を震わせる。

「……勘違いしないでほしいのは、我々は別に中川さんを糾弾しているわけではない、ということです」

長井消防司令が、伝田さんに穏やかに語りかけた。

「我々の一番の目的は、彼女の救出です。そのために使える手はなんだって使いたい。もし多少なりとも彼女の目や耳が利くなら、それは大きなアドバンテージです。こちらの作戦の幅が広がる。

聞くところによると、視覚や聴覚障害の方の中には、まれに回復する例もあるそうですね？　もし彼女にわずかでも兆候があるなら、我々はそれを最大限に活用したいのです」

我聞先輩と似た意見。長井消防司令の言葉を、伝田さんはじっと大人しく聞いていた。

その目は今の話を吟味しているようにも、相手の顔を睨んでいるようにも見える。

「私個人の意見を率直に言わせてもらえば……これまでの要救助者の行動に、少々違和感を覚えたのは事実です」

伝田さんの視線を正面から受け止めながら、長井消防司令が続ける。

「たとえば、さきほどのネズミの件。彼女が『止まれ』の合図を発したのは、我々がネズミの存在に気付く前のことでした。今のフォークリフトを避けた件もそうですし、あの光ダクトの落下とドローンの墜落のあと、急に歩行速度が遅くなったのも解せません。足を怪我したのでなければ、考えられる可能性が一つ――ドローンのライトやダクトの明かりが消えたことで、足元が見えにくくなったせいではないでしょうか」

驚いた。俺や我聞先輩と同じことに、この人もすでに気付いていたらしい。さすが長年救助活動に携わってきたベテラン消防官だけのことはある。

「あとこれは、私の聞き違いかもしれませんが……二回目の休憩地点に到着したとき、照明スイッチを入れるような音も聞こえました。

もちろんこれらが即、彼女の目が見える証拠となるわけではありません。スイッチはたまたま手が当たっただけかもしれませんし、ネズミは何か別の理由で気付いた可能性もあります。例えば――糞《ふん》か何かが床に落ちていて、それを踏んで異変を感じた、とか。一見フォークリフトを避けたように思えたあの行動も、単に落としたバックパックを拾い直そうとしただけとも受け取れます。我々が出発を急《せ》かしたせいで、彼女はバックパックをきちんと背負えておらず、それで落としてしまった可能性がありますから。

だからこそ、我々は迷っているのです。いったいどのような救助の手を差し延べるのが、今の彼女にとっての最善の策なのか、と」

伝田さんは項垂《うなだ》れると、しばらく足元を見つめる。やがて両手で顔を覆い、抵抗するように小さく首を振った。

「ありえません……。彼女は本当に、何も見えないんです。何も聞こえないんです。わずかな光も音も届かない、本当の孤独の中で、彼女は必死に生き続けてきたんです……」

「何の騒ぎだ?」

ドスの利いたしゃがれ声が聞こえた。フェンスの向こうに、突き出た腹でふんぞり返るようにしてテントに入ってくるポロシャツの中年男性が見える。——山口市長だ。

その後ろには、高身長で背広姿の男性も見えた。殿山県知事。公務の合間を縫って、二人で様子を見に来たらしい。

「なんだと」

当の上官から説明を聞いた山口市長は、途端に顔を紅潮させる。

「何を失礼なことを言っている。それは君、つまりね、殿山知事への名誉棄損だぞ。つまり君は何か？　知事にこう言いたいのか。知事は人気取りのために姫御様と結託して、善良な一般市民を騙している、と？」

「い、いいえ。決してそういうわけでは……」

「山口」

知事が市長を制して、前に出た。テントの面々や俺たちを一度見回してから、ゆっくりと口を開く。

「私は……県知事という立場から、この件にはあまり肩入れできませんが」

俺たちの一人一人に目を合わせつつ、言う。

「これだけは言わせて頂きたい。私は公人である前に、やはり一介の私人だと。この未曽《みぞ》有《う》の大災害の中、すべての被災者に対して公平でありたいが、やはり人情として姫の身の上が心配でたまらない。それが正直なところです。

その上で断言しますが、姫の障害は本物です。決して詐称などではありません。もし姫に少しでも目が見えるなら、姫の命を救うために私は今ここでそれを打ち明け、皆さんにご協力を仰ぐでしょう。ですが、それは不可能だ。私の言葉に嘘偽りがないことは、そちらにいる伝田さんが保証してくださると思いますが……」

ちらりと伝田さんのほうを見て、小さく会釈する。伝田さんはどこか余所余所《よそよそ》しい態度で、形ばかりの挨拶を返した。

殿山知事は少し言葉を止め、俺たちの反応を見守る。それから背筋を伸ばすと、ぴしりとスーツの脇に両手を揃え、深々と頭を下げた。

「ですから、皆さん。ここはどうかこの殿山を信じて、姪は盲ろう者であるという前提のもとで、救出活動を行って頂きたい。巷で何と言われようと、天地神明に誓って姪の障害は本物です。我が姪を何卒、お救いください」

休憩に向かおうとすると、花村さんに呼び止められた。預けていたスマホを手渡される。ずっと着信が続いていたらしい。見ると、やはり母親からだった。さきほど俺が送った短い返信のあとにも、大量のメッセージが届いている。

――電話をください。心配です。

メッセージの文章から、母親が兄貴の事故のときを思い出していることがわかった。仏壇の位牌が倒れた、朝に茶碗を落とした――そんな些細な偶然の一致から、不吉な結果を連想してしまっているようだ。

やはり電話を掛けるべきか。迷うが、結局今度は少し丁寧なメッセージを送って、思い切ってスマホの電源を切った。ドローンの操縦は神経を使うし、ここまでの作業でだいぶ疲れも溜まっている。今は救助活動に専念したい。

トイレに寄ってから休憩用の教室に行くと、すでに火野さんがいた。目が合うと、「ほい」と、ペットボトルを投げ渡してくる。今度はウーロン茶だった。手のひらに伝わる冷たい触感が嬉しい。

「そこに、差し入れの握り飯もありますよ」

机の一角を指さす。ラップに包んだおにぎりのトレイが置かれていた。その不揃いな形に、ふと花村さんのジャンボおにぎりを思い出す。

「ここまで順調ですね、教官」

おにぎりに手を伸ばすと、そう笑いかけてきた。「そうでしょうか」ラップを剝きながら、曖昧な口調で答える。結構なトラブル続きだった気がするが。

「いいんですよ。こっちの目的は、あくまで要救助者の救出なんですから。最後に相手が生きてさえいてくれりゃ、それで合格。終わり良けりゃすべて良し、ってね。たとえ――」

そこで火野さんは口を閉ざす。俺は黙ってツナのおにぎりを食べながら、そのあとに続く言葉を想像した。言いたかったのは、「たとえ相手がペテン師でも」――だろうか？

だが火野さんはそれ以上この話題には触れず、ただ無言で校庭を眺めていた。少し風が吹き始めたのか、陸上のトラックには砂埃が舞っている。もう時間は午後五時を過ぎているが、まだ外は充分に明るい。

火野さんの片手に、スマホが握られていることに気付いた。

「……まだ騒がれてますか、ネットで？」

「ああ」火野さんは自分の手元をちらりと見て、「みたいですね。誰かが定期的に、炎上のネタを提供しているっぽいです。まったく、どこから情報が洩れてるんだか」

火野さんは忌々しそうに言って、肩をすくめる。

「しかしどいつもこいつも、好き放題言いやがって……。こいつらに言ってやりたいですよね。『事件はネットで起きてるんじゃない。現場で起きてるんだ』って」

「なんですか、それ」

俺がキョトンとしていると、あれ、通じない？　と火野さんはやや照れ臭そうに頬を指で掻いた。火野さん世代に流行《はや》った言い回しだろうか。

「昔の刑事ドラマの台詞のもじり。『踊る大捜査線』っていう、織田裕二主演の——お？あれ、教官の彼女じゃないっすか？」

「え？」

不意打ちで話題を変えられ、俺は米を喉に詰まらせながら窓の外を見た。いつから自分に彼女が？

火野さんが指さす方向に目を向けて、誰のことだかわかった。韮沢だ。砂埃の舞う校庭の中を、何かを探すように走り回っている。

「あれ、教官を探してるんじゃないですか？　可愛い彼女っすね。名前何でしたっけ？」

「韮沢です。あと俺は彼氏じゃないですし、俺が目的ならここに直接来るはずです」

「それもそうか。じゃあなんだ、トイレか？　――おーい、韮沢さーん！」

火野さんが窓を開け、いきなり声を張り上げた。俺はギョッとするが、韮沢は気付かずにそのまま走り去ってしまった。足を故障したとはいえ、さすがは元陸上選手。走り方が綺麗だ。

しかし、なぜ走り回ってたんだろう。不思議に思うが、理由は次に聞こえてきた防災無線の放送で、すぐ判明した。

「行方不明のお知らせです。本日午後三時ごろ、九歳の女の子が西区中央公園付近で行方不明になっています。服装は黄緑色のワンピース、頭に緑のヘアバンド、黒い靴を履いています。声の障害をお持ちです。見かけた方は、至急医療センターまでご連絡を――」

また妹が迷子になったのか。そういえば地震で「事故の記憶がフラッシュバックした」

と言っていたが、それで情緒不安定になっているのだろうか。今の状況と昔の兄貴の事故を重ね合わせている、俺の母親のように。

手助けしてやりたいが、今はどうすることもできない。俺は韮沢の苦労を思った。誰しも被災の疲労が募る中、パニックに陥り、声も出せない妹の面倒を見続けることはかなり神経のいることだろう。迷子にならないようにしっかり見張っておけ、と口で言うのは簡単だが、それは余裕のある人間の言い分だ。障害を持つというのは大変なことだ。気軽に詐称できるようなものではないし、ましてやネットの炎上ネタにするようなものでもない。

空に雲が流れていた。上空の風の動きが速い。ドローンは風に弱く、国交省航空局の飛行マニュアルでは飛行可能な風速は秒速五メートル未満と定められている——が、幸いなことに今回は地下であるため、地上でいくら風が吹こうと関係ない。

むしろ、涼しくなって助かるくらいだ。俺は意識を目の前に戻すと、ゴーグルを装着し、操作機《プロポ》を持っていつもの定位置に立った。ゴーグル画面に表示されるセンサーの数値などを確認し、最終チェックを行う。

「準備、完了しました。SVR－Ⅲ、離陸します」

「十七時二十三分。SVR－Ⅲ、離陸」

宣言し、機体を浮上させる。バッテリーをフル充電した機体の反応は上々だった。センサー機器の状態もＧＰＳと二つの光学カメラを除いては、すべて良好《オールグリーン》。

　ワイヤー張力の数値で中川さんが掴んだことも確認し、誘導を再開する。次の目標は地下三層北西区画にある最終目的地、避難シェルターだ。道程にしておよそ四百メートル、今の中川さんの歩行速度でも十分くらいで辿り着ける。いよいよゴールは目前だ。

　だからこそ、ここで油断するわけにはいかない。俺は気を引き締め、あらゆる物音や視界の映像に神経を尖らせつつ、ドローンを進める。

「十七時二十六分。ＳＶＲ－Ⅲ、地下三層工業エリア、ダキソン工業のＷＡＮＯＫＵＮＩ製作所・地下第一工場に到着しました」

　しばらく進むと、やがて左右に見えていた白点の壁が消え、前方に空間が広がった。測定のためしばらくホバリングを続けていると、ポツポツと、星空のような点描の絵が眼前に描かれていく。――点群データの３Ｄ描写《レンダリング》。

「清掃用電化製品の生産工場だ」

　我聞先輩が解説する。

「前方に列をなしているのが生産ラインのベルトで、その各列の左右に回転ずしのテーブル客のように並んでいるのが、組み立て用の産業ロボット。工程がほぼ自動化されたスマート・ファクトリーで、人手を必要としないため、作業区画には作業員用の通路といったものは存在しない。

通り道として使えるのは、左右の壁沿いにある見回り用の回廊と、中央にある機器点検用の空中歩廊のみ。だが、左右の回廊を通ろうとすると、結構な遠回りになる。できれば中央の空中歩廊を進むのがベストだ。もちろん壊れてなければの話だが……」

ソフトがレンダリングを終えるのをじっと待つ。やがて視界の真ん中あたりに、真っすぐ前に伸びる白い道が示された。道は工場の反対側まで達していて、途中に障害物や崩落した様子は見られない。

「……大丈夫そうですね」

「だな」

先輩が同意する。

「よし、中央を進もう。ただし高木、一つだけ注意だ。工場の管理者の話によると、この区画は大型のスチール製ロボットが乱立しているせいで、電波が届きにくいスポットが多く存在するらしい。万一ドローンが中央の歩廊をはみ出して、産業ロボットの合間にでも落下したら厄介だ。絶対にコースだけは外れないように気を付けろ」

「……了解です」

俺は唾を飲み込む。呼吸を整えると、スティックに慎重に指を添え、宣言した。

「ＳＶＲ－Ⅲ、中央の空中歩廊を進みます」

「わかりました。慎重に誘導してください」

長井消防司令のＧＯサインが出る。俺は画面を注視しつつ、ゆっくりドローンを前進させる。

空中歩廊というだけあって、近づいてみると、中央の白い道は少し高い位置にあるのがわかった。二メートルくらいだろうか。手前に映る白い段々は階段だろう。俺は機体を上下させて中川さんに「階段」の合図を送り、彼女がワイヤーを引っ張り返すのを待ってから、改めて前進する。

カン……カン……と、彼女が鉄製のステップを踏む硬い音が、ヘッドフォンに響く。

相変わらず足取りは重い——が、足音はしっかりしている。やがて階段を上る音が止むと、いよいよドローンを歩廊の上に進ませた。歩廊の幅は人一人分くらいで、左右には手すりがあったが、彼女は手すりにぶつかることもなく真っすぐ歩き続ける。もう片手に握る白杖で、うまく距離を測っているのか。

スムーズだな、と思う。

スムーズすぎるぐらいだ。階段で少しくらい躓くかと思ったが、足音のリズムにはまったく危うさを感じない。それはつまり、ワイヤーを使った移動に彼女が慣れてきたということか。それとも……。

――これまでの要救助者の行動に、少々違和感を覚えたのは事実です。

ふと頭を、長井消防司令の言葉がよぎり、俺はすぐにその思考を打ち消す。

馬鹿が。何を考えている。今彼女を疑うメリットは何一つないし、疑いたくもない。

だが――と、考えを振り払おうとする俺の脳裏に、また別の不穏な思考が鎌首をもたげる。正直、フォークリフトのときは、彼女の不可解な行動に助けられたのは事実だ。あれがなければ、彼女は確実にフォークリフトに轢かれていた。俺は彼女に大怪我を負わせてしまっていた。長井消防司令の問いに、自信を持って大丈夫と答えたにもかかわらず――。

しかし、あのとき、フォークリフトが彼女に襲い掛かる瞬間――俺はいったい、何を思った？

確かにこう思わなかったか。あれは、無理だと――。

「あっ」

そのとき、誰かの叫び声が聞こえた。なんだ、と思った次の瞬間、いきなりガツンと頭に衝撃が走り、目の前が急激に暗くなる。

「高木！」

我聞先輩の叫びが鼓膜に響いた。気付くと俺は地面に倒れていた。朦朧とする意識の中、誰かに抱きかかえられ、ゴーグルを頭から毟《むし》り取られる。

「大丈夫か、教官？」

目の前に、火野さんの顔があった。

大丈夫です、と答えようとして、ズキンと激しい痛みに襲われた。後頭部に手をやると、どろりとした赤いものが手のひらにべっとりまとわりつく。

――血？　出血している？

「なんだあ、このドローンは！」

先輩が怒りも露わに叫んだ。見ると、俺のすぐ足元に小型のドローンが転がっている。あれは……トイドローン？　あれが落下して、頭にぶつかったのか？　いったい誰がこの上空でドローンを――まさかヘルメット着用義務を怠ったことが、こんなところで裏目に出るとは――。

「火野さん、あそこ！」

佐伯さんが指さし叫んだ。設営テントとは反対側のフェンスの向こうに、慌てた様子で逃げていく人影があった。見覚えのある後ろ姿に、俺は相手が誰だかを察する。コバッシー。例の暴露系ユーチューバーだ。

長井消防司令の号令で、テントにいた数人が弾丸のように後を追いかけていった。

同じく駆け寄ってきた面々から応急手当を受ける俺の足元で、我聞先輩がドローンを拾い上げる。少し調べて、ちっと舌打ちした。

「コイツ……盗聴用だ」

「盗聴用？」と、火野さん。

「トイドローンに、高性能な指向性ガンマイクが取り付けられています。上空の死角から、会話を盗み聞きしていたんです。情報の漏洩元はこいつです」

あっと思った。頭の中で話が繋がった。情報漏洩――ネットに提供され続けるネタ――暴露系ユーチューバー。すべての元凶はあいつか。最悪だ。ここでの会話がすべて盗聴されていたとすると、中川さんの不可解な行動の件も、おそらくもうネットに――。

だが……今はそれより、確かめなければならないことがある。

「火野さん。ゴーグルを」

俺は頭に包帯を巻こうとする佐伯さんの手を押しとどめると、一度毟り取られたゴーグルを再び手に取り、着け直した。詐称疑惑や盗聴のことより何より、俺の中にはそれ以上の焦りがあった。俺は倒れる寸前、確実に良くないない操作をした。

ゴーグルの画面を覗いたところで、全身が固まった。

真っ暗。何も映らない。

やはり――か。

青い顔でゴーグルを外す。先輩も事の重大さに気付いたのだろう、いつの間にか自席に戻り、無言でキーボードを叩いていた。その仏頂面に向かい、かすれ声で問いかける。

「どうですか、先輩？」

「……駄目だ。反応がない」

先輩がバックヤードの面々を振り返り、何かを告げた。

周囲の息を呑む声。俺は唇を嚙み締めた。まるで通夜のように静まり返る空気の中、佐伯さんの感情を排したアナウンスの声が、死刑宣告のように響く。

「十七時三十二分。ＳＶＲ－Ⅲ、操作ミスにより電波不感地帯まで移動したため、電波途絶。機体をロストしました」

V

迷宮

Labyrinth

私は私なりにジグザグの道を進まねばなりません。何度も滑り落ち、転び、立ち止まり、隠れている邪魔ものに突きあたり、かんしゃくを起こし、また気が静まり、気をとりなおし、とぼとぼと歩き出し、少し前へ進み――（後略）

――「ヘレン・ケラー自伝　私の青春時代」ヘレン・ケラー著

1

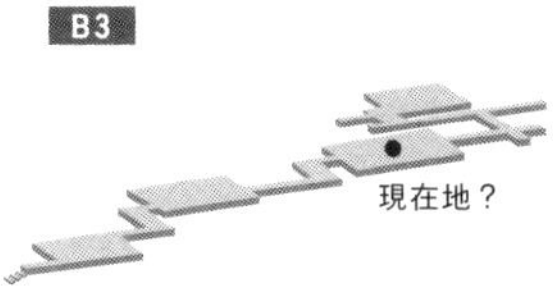

現在位置：地下三層ダキソン工業地下第一工場（詳細不明）
シェルターまでの距離：150メートル
三層浸水まで：1時間48分

電波途絶。

その言葉に、頭が真っ白になる。

倒れる寸前、俺はスティックを明後日の方向に思い切り傾けてしまった。いくら衝突防止機能があるからといって、あの狭い地下空間内で暴走させてただで済むはずがない。良くて衝突、悪くて墜落。だが結果は、さらにその上を行く最悪なものだった。

ドローン操縦における最大の恐怖。それは、電波のコントロールを失ってしまうこと。

ただの墜落ならまだ再離陸の可能性が残っているが、電波が途切れてしまえばドローンは単なる糸の切れた凧《たこ》。もはや手も足も出ない。

俺は呆然と大型モニターに映る闇を見つめた。無意識に指先だけが、往生際悪く操作機《プロポ》のスティックを弄り回す。

「よせ、高木。時間の無駄だ」

先輩に制止されても、なおも指の動きを止められなかった。インターネットと同じで、ドローンの通信にも上りと下りがある。上り――つまりこちらからの送信は制御系の信号だけなのでデータ量は小さく、下り――機体からの送信は動画やセンサーのデータなどを含むので、データ量は大きい。

そのため一口に電波途絶といっても、切れているのは下りの通信だけで、上りの通信はまだ生きている可能性もあった。それで悪足掻きをしていたのだが、いくらスティックを動かそうと、ゴーグルに表示されるセンサーの数値には何一つ変化はない。

それでも懸命に悪足掻きを続けた。なぜなら抵抗を止めることは、諦めを意味してしまうから。今ここで俺が諦めてしまえば、作戦は完全な失敗を迎えてしまうから。

決して――こんなところで終わらせてたまるか。

無理じゃない。まだ無理なんて思っていない。思ったらそこが限界だ。俺はこの程度のことで決して諦めない。

動けよ、ＳＶＲ－Ⅲ。

動け――動け――動け！

「高木！」

一瞬、自分の念が通じたかと思った。体がふわりと浮いたような感覚がしたからだ。だがモニターには何の変化もなく、やがてそれがただの立ち眩《くら》みだと気づく。

やばい。力みすぎたか。いや、暑さのせいか？　そういえばさっきからやけに、ボタボタ額から汗が――。

額を手の甲でぬぐったところで、それがただの汗ではなかったことを思い出す。

――血。

「教官！」

視界が傾く。地面に衝突する寸前、火野さんのグローブみたいにでかい手が俺の頭をキャッチした。野球選手みたいだな、と思ったところで、まさに映像信号が途絶えたようにブツリと視界がブラックアウトする。

鼻を衝く消毒液の匂いに、ガバッと飛び起きた。

ベッドだ。脇にピンク色の衝立があり、その奥の机では小柄な若い女性消防隊員が、白衣の老齢女性と何やら話している。消防隊員は佐伯さんだ。

「気が付きましたか？」

目が合うと、すぐに佐伯さんが駆け寄ってきた。答えようとして、うっとうめく。頭部にズキンと走る痛み。手をやると、包帯が指に触れた。

「ここは？」

「保健室です。高木さんが倒れたので、うちの火野と運んできました」

あの場で気絶したのか。頭痛をこらえつつ、室内を見回す。

「俺……どれくらい気を失ってました？」

「十分くらいでしょうか。まだそんなには経ってません」

「十分……」

しまった、と唇を噛んだ。今の俺たちにとって、十分は決して短くない時間のはずだ。自分が倒れていた間も、救助活動は継続されていたのだろうか？

はたして中川さんの状況は。ロストしたドローンの行方は。胸中を様々な疑問と焦りが駆け巡る。

「あ、待ってください。急に動いては――」

起き上がろうとして、佐伯さんに止められた。老齢の養護教諭も穏やかに止めに入る。

何とかベッドから出ようと二人に抵抗していると、ガラッと保健室の戸が開き、ショートカットの見知った女性が中に入ってくる。花村さんだ。

「高木君。ドローンが見つかったわ」

一瞬遅れて、その意味を呑み込んだ。安堵と驚きに包まれつつ、訊き返す。

「本当……ですか？　どうやって？」

「工場の生産ラインを監視するカメラが、まだ一つ生きていたの。それで工場の会社やフロアの中央管理センターに協力してもらって、発見した。産業ロボットの隙間に落ちていたわ」

「状態は？　まだ飛べそうですか？」

「見たところ脚部《スキッド》から着陸しているし、たぶん機体は大丈夫。フェイルセーフが働いたみたい。電波は相変わらず届かないけどね」

機体の暴走を防ぐため、ドローンには一般に「フェイルセーフ」と呼ばれる機能が付いている。これは電波途絶時にドローンにどのような行動を取るか選ばせるもので、設定には指定した場所まで自動で帰還する「ゴーホーム」、その場で電波が回復するまで待機し続ける「ホバリング」、そのまま速やかに着陸する「緊急着陸」などがある。

推奨は「ゴーホーム」だが、今回はＧＰＳの利かない地下だったので「緊急着陸」に設定してあった。それがうまく働いたのだろう。なんにせよ、機体が無事発見されたのは朗報だった。電波途絶という最悪の状況は変わっていないが、ひとまず首の皮一枚で希望が繋がったには違いない。

機体の状況はこれで確認できた。あともう一つ、確かめねばならないのは——。

ゴクリ、と生唾を飲み込みつつ質問する。

「それで……中川さんは？」

「彼女の居場所は未特定。ただ、音は聞こえている」

「音？」

「白杖でどこかの床を叩く音。地下鉄のホームのときと一緒よ」

監視カメラの固定された視角では、中川さんの居場所までは特定できなかったらしい。ただその代わり、カメラのマイクが「音」を拾っているようだ。

「我聞君の音響分析結果では、たぶん彼女はもう空中歩廊の上にはいない。叩いているのは金属製の足場じゃなくて、床。それも養生マットのようなものを敷いたコンクリート製の床よ。

その音も若干籠っているらしいから、今いるのはおそらく、部屋などの狭い空間。歩廊を渡った先に、該当する箇所がいくつかあるわ。歩廊を自力で渡ったあと、ドローンを探して彷徨《さまよ》っているうちに辿り着いたのでしょう」

　監視カメラはあくまでロボットの作業状態を確認するためのもので、通路や従業員用の部屋などには向けられていない。居場所は音から推測するしかないようだ。また監視カメラのマイクには無論、ＳＶＲ‐Ⅲのマイクロフォンアレイのような、三次元的に音源の位置を推定するような機能はついていない。

「工場の設備を使って、何とかドローンに電波を届かせられませんか？」

「やってみた。でも駄目ね。ロボットとの通信に使う無線ＬＡＮの電波を最大にしてみたけど、無反応のまま。落ちた場所が悪かったみたい。ロボットのアームもドローンのところまでは届かないしね」

　ドローンが使う電波帯は、遮蔽物に弱い。また金属製の資材は電波を反射しやすいので、スチール製の産業ロボットがひしめく空間は最悪の通信環境と言える。

「何か……方法は、ないんですか？」

「ないこともないわ」

　花村さんがベッドの縁に腰かける。

「最初に発見したときと同じよ。電波が届かないなら――」

「間に、中継器を置けばいい？」

「そう」

「でも、ＳＶＲ－Ⅲに積んでいた中継器は、もう――」

「投下しちゃったわね。だから、新たに別の中継器を届けるしかない」

「届けるって……ほかのドローンを使って、ってことですか？　けれど、捜索に使えるドローンは全部出払っているみたいですし、送り込むにも保管庫の火災が――」

「ドローンは頼めば借りられるところはあると思う。救助活動は進んでいるし、応援部隊も続々到着しているから。ルートについて言えば、確かに保管庫では火災が発生しているからこれまでの通路は通れないし、近くにはほかに移動できるようなチューブ搬出入口もないから、もうチューブ経由のルートは使えない。だから、別のルートを使う」

「別のルート？」

「これを見て」

　花村さんが脇から何かの図面を描いた紙を取り出し、ベッドに広げる。

「これは、ＷＡＮＯＫＵＮＩの地下断面図。これを見ると、地下三層の工業エリアから地上まで、工場用の大型換気ダクトが通っているの。このダクトを使って、別のドローンをあの場所まで送り込む」

「でも……これってチューブじゃなくて、ただの換気ダクトですよね？」

WANOKUNI階層図

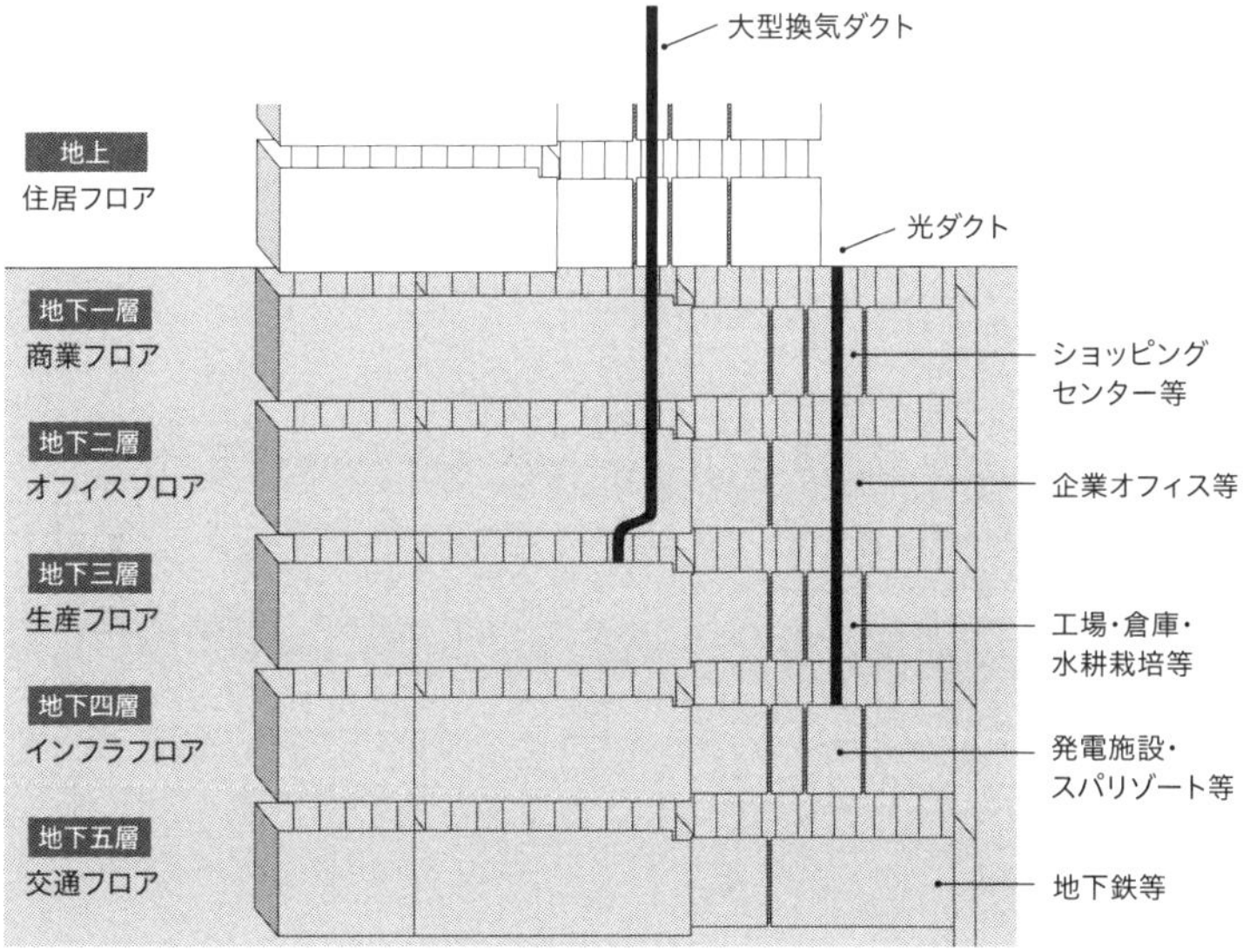

大型換気ダクト
地上
住居フロア
光ダクト
地下一層
商業フロア
ショッピング
センター等
地下二層
オフィスフロア
企業オフィス等
地下三層
生産フロア
工場・倉庫・
水耕栽培等
地下四層
インフラフロア
発電施設・
スパリゾート等
地下五層
交通フロア
地下鉄等

俺は図面を見つつ、眉間に皺《しわ》を寄せる。

「そのルートじゃ、途中で電波が途切れませんか？　チューブが通れるのは、あくまで内部にアンテナが設置されているからじゃ……」

「そうよ。だからこっちにも、途中にアンテナ代わりのものを置く」

「アンテナ代わりの……もの？」

「さらなる中継器よ。つまり中継器は一台だけじゃなくて、複数台送り込むってわけ。この作戦の発案者は私だけど、長井消防司令にはすでに承諾を得てるから」

電波のリレーか。なるほど、と俺は納得する。それなら確かに地下まで電波を届けられそうだ。さすが花村さんは理工学部出身だけあって、いい着想をしている。

「計算では、あのドローン落下地点まで電波を届けるのに、最低でも三台が必要。地下一層のダクト中継点に一台、第二層の中継点に一台、第三層のダクト出口付近にまた一台。ただし中継点はダクトが垂直だったりするから、地下鉄のホームのときみたいに、そのまま投下するわけにはいかない。それらを空中で保持するドローンも同時に必要だわ。つまりこの作戦には、中継器のほかにもあと三機、ドローンが必要ってわけ。

だから今、チーム総出でドローンをかき集めているところ。条件に合うドローンがなかなか見つからなくて、難儀しているけど」

　ドローン物流の最先端を行くＷＡＮＯＫＵＮＩには、多種多様なドローンが存在している。とはいっても、ＧＰＳの利かない屋内で一人称視点（ＦＰＶ）による目視外飛行ができる機種となると、やはり数は限られる。例えば大量にある飛行ショー用のドローンなどは、プログラム制御がメインでカメラも非搭載だから、今回の用途には適さない。消防署所有のドローンも、先の偵察ですでに大半を失ってしまっている――が、警察や自衛隊所有のものがあるかもしれないし、全国から応援部隊も続々駆けつけている。探せばどこかにある。

　俺は知らず、こぶしを握り締めていた。

「ってことは……まだ、終わりじゃないんですね？」

「もちろんよ」

　花村さんが優しく答える。その言葉は、どんな鎮痛剤よりも痛みに効いた。まだだ。まだ無理じゃない。まだ自分には、さっきの失敗を挽回するチャンスが残っている。

「だから悪いけど、怪我の手当てが終わったら、高木君にはまた現場に戻ってほしいの。狭いダクトの中を飛ばせる技量のあるドローンパイロットは、そうはいないから。

　どう、高木君。操縦できそう？　もし長時間の操縦が辛そうなら、メインは火野さんに代わってもらっても――」

大丈夫です、と答えようとした、そのときだった。

突然、ガラッという音がして、一階の保健室の窓が開いた。

白いレースのカーテンがぶわっと膨らみ、湿った夏の風が吹き込む。その風の勢いで、ピンクの衝立がゆっくり傾きかけた。老齢の養護教諭が慌てて手を伸ばし、衝立を支える。

再び閉じたカーテンの向こうに、人影があった。傾きかけた陽ざしを背に、じっと黙ってこちらを向いている。

誰だろう。怪訝に思っていると、花村さんが近寄ってカーテンを手で開き、声を掛けた。

「すみません。ここ、部外者立ち入り禁止で――あら、あなたは」

花村さんが言葉を止め、困惑顔でこちらを振り返った。俺も唖然と口を開ける。カーテンの向こうに見えた思いがけない顔に、一瞬思考が止まった。

そこにいたのは、韮沢だった。

韮沢は一見して、異様な雰囲気だった。

乱れた髪。濃い目の隈。転んだのか、濃紺のワンピースはところどころ泥まみれで、顔も土で汚れている。

「……どうした、韮沢？」

やや呆気にとられつつ訊くと、韮沢は空洞のような目でしばらくこちらを見た。

「高木君」

唐突に頭を下げ、頼んでくる。

「お願いです。ドローンを一つ、貸してください」

え？　と俺は戸惑った。

「ドローンを？　なんで？」

「妹の靴が、見つかったの」

「妹の靴？」

「うちの妹、また行方不明になって。さっき私が高木君に会いに来たときに、母親とはぐれてしまったみたい。それでずっと探していたんだけど、妹の靴がさっき、公園で見つかった。地面が採光用の窓みたいになっているところで、その上を歩いていたら、ガラスが割れて落ちたみたいで」

採光窓から落ちたのか。例の光ダクトのように、この街の地上部には、地下に日光を取り込む大型の窓が随所に設けられている。どれも人の体重くらいには耐える設計になっているはずだが、割れたという箇所は地震の影響で脆《もろ》くなっていたに違いない。

「そのときに脱げた靴が、窓に引っ掛かっていたらしいの。捜索隊の人が見つけてくれたんだけど、後を追うには窓の下の空間が狭くて、大人の体格じゃ入れないらしくて。だから——」

「ドローンで、捜索したいってことか」

韮沢が頷く。理解した。それで俺のところまで、頼みに来たわけだ。

「だったら、ここじゃなくて捜索隊の人に直接相談したほうがいい。あっちでもドローンは使っているはずだ」

「……ないんだって」

「え？」

「捜索隊の人に訊いたら、この手の捜索に使えそうなドローンは、今は全部こっちの救助活動に回されているって。中川さん、ピンチなんだってね。彼女を助けるために、使えるドローンは全部駆り出されたって——」

あっと思った。花村さんが「かき集めている」と言ったのはこれか。

「でも」と、韮沢は躊躇いがちに続ける。「それって本当に、全部必要？　こっちに一つくらい、回す余裕もないほど？　そりゃあ、中川さんに比べたら、妹の障害は軽いかもしれないけど──なんといってても中川さんはこの街の〈アイドル〉だし、県知事の親戚だし──でも、地下で危険な目に遭っているのは同じだし、年齢だって妹のほうがずっと幼い。それでもやっぱり、中川さんのほうが優先されるべき？」

「それは……」

返答に詰まった。嫌な天秤だった。障害の重さで秤《はかり》にかける──そんなつもりはまったくないが、この状況ではそう受け取られても仕方がない。

「あと、これは嘘か本当かわからないけど──」韮沢はやや口ごもりつつ、「ネットじゃ今、中川さんの障害詐称疑惑、っていうのも流れていて──」

「韮沢」

たまらず制した。

「それは……ただのデマだ。少なくとも俺たちは、彼女の障害を疑っていない。それは現場の俺たちが一番実感している」

「……そうだね。ごめん、今のは忘れて」

韮沢が目を伏せる。だがその手は窓枠を掴んだまま、離れようとはしなかった。風に煽られた真っ白いカーテンが、泥で汚れた韮沢の手を舐めるように撫でていく。

「ねえ、高木君」

ややあって、か細い声が聞こえた。

「やっぱり妹を助けるのは、無理……かな？」

俺の体が固まった。

「用件は伺いました」

するとそこで、横から見かねたように花村さんが割って入った。

「妹さんのことは、こちらもできるだけ善処します。ただ韮沢さん、これだけはわかって。私たちは救助対象の依怙《えこ》贔屓《ひいき》なんてしていない。中川さんは今、本当に危険な状況で、ドローンの数も本当にギリギリなんです。今の方法でしか、彼女を救えないんです」

「……あと、少しなんだ」俺も声を嗄《か》らしつつ答える。「あと少しで、中川さんを安全な場所まで誘導できる。そうしたら、駆けつけるから。真っ先に俺が駆けつけて、妹をドローンで見つけてやるから」

韮沢がじっと俺を見つめる。「……わかった」そう小さく呟き、踵を返した。カーテンがはためき、韮沢の背中を隠す。砂埃の向こうに消えていくその後ろ姿を、俺は彫像のように静止したまま声もなく見送る。

2

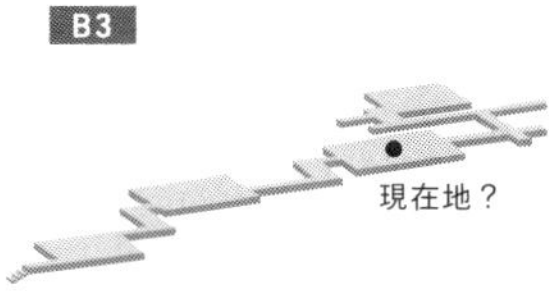

現在位置：地下三層ダキソン工業地下第一工場（詳細不明）
シェルターまでの距離：150メートル
三層浸水まで：1時間30分

「――大丈夫、高木君？　顔色、悪いけど」

「はい。平気です」

ゴーグルを装着しながら、花村さんに答える。

中継用ドローンは何とか三機調達できたようだった。どれも型はバラバラだが、一通り操縦経験はある。場所も移動し、今は学校より北西の区域にある公園に来ていた。工場用換気ダクトの地上口は公園の一角にあり、生い茂る緑の樹木が、無粋な銀色のダクト口と金網フェンスを隠している。

「十七時五十分。中継用ドローン一機目、離陸」

各種確認を終え、俺は最初のドローンをダクト口へ向かわせる。ＳＶＲ－Ⅲよりも小型で軽量な機体は小回りもよく利き、操縦しやすかった。

滑り出しは快調だったが、ドローンをダクト口に侵入させようとしたところで、やや操縦にてこずった。機体がダクト口をまるで磁石に反発するように避け、なかなか思うように近づいてくれない。

「接近できないか、高木？」

「そうですね……やっぱりセンサーが邪魔みたいです」

「切るか？」

「お願いします」

「了解。――一機目、衝突防止センサーを停止します」

先輩が宣言する。障害物の回避には欠かせない衝突防止機能だが、ことこのダクト内のように狭い場所に限っては、対象との距離を取りすぎるためかえって飛行の邪魔になる。だから一時的に切ることにしたのだ。

センサーが切れると、見えない壁が消えたようにスムーズに機体がダクト口に飛び込んだ。俺は視界に集中する。おかげで変な抵抗はなくなったが、その分衝突のリスクも高まる。操縦にはより慎重にならなければならない。

ダクト内は狭く、飛びにくかった。ドローン用に設計されたチューブとはやはり勝手が違う。カーブも直角で、曲がり角に来るたびいったん停止して方向転換しなければならない。上から下への垂直方向の移動なので飛行距離こそ短いが、複雑に折れ曲がったダクトの配管のせいで、どうしても時間がかかってしまう。

「高木。スピードの出しすぎだ。少しペースを落とせ」

「……はい」

つい遅れを取り戻そうという意識が働いてしまうのだろう。ＳＶＲ－Ⅲに比べて加速がいいせいもあり、俺はちょくちょく速度を出しすぎた。そのたびに先輩から駄目出しを食らうが、長時間の操作で疲労が溜まっているのか、なかなか指先が思うように動いてくれない。

それとも――と、頭の片隅で思う。

やはり、焦りがあるのか。

俺の鼓膜には、まだ韮沢の世の中を諦めきったような台詞がこびりついていた。

――やっぱり妹を助けるのは、無理……かな？

無理じゃない。

無理なんて思っていない。無理だと思えばそこが限界だ。俺は韮沢の妹を見捨てたわけでもないし、二人の命を天秤にかけたわけでもない。

ただ、状況から見て、より危険度の高いほうの救助を優先しただけだ。韮沢の妹は自力で移動できているようだし、目も見えれば耳も聞こえる。一方で中川さんは重度の盲ろう者だし、長距離の移動や落水で体力も消耗し、火や水の脅威も迫っている。

彼女の障害は本物かって？　本物に決まっている。疑ってしまったら元も子もない。

「——高木！」

ヘッドフォンに、我聞先輩の鋭い声が飛び込んだ。

ハッとした。目の前にライトの光沢が迫る。前方の光の届かない空間だと思っていた部分は、壁だった。ダクトの隙間から入り込んだ煙の煤《すす》で、黒くなっていただけだ。

慌てて右スティックを後ろに倒し、急制動をかける。だが間に合わない。

無、理だ。

そう思った瞬間、激突した。

衝突音。上下に激しくひっくり返る視界。なすすべもなかった。目に映るすべての動きが止まってプロペラ音がゆっくり消失するまで、馬鹿のように口を開けてただ成り行きを見守る。

「……十七時五十四分。中継ドローン一機目、墜落」

佐伯さんの無情なアナウンスの声が、場に冷たく響く。

俺の口からは言い訳すら出てこなかった。何もできずに立ち尽くす横で、我聞先輩が懸命にキーボードを叩く。

「どう？　我聞君」花村さんの声。

「大丈夫です。動きます。カメラやセンサーにも異常ありません」

「そう、よかった。不幸中の幸いね――高木君」

花村さんが俺に向かって指示する。

「あなた、ちょっと休みなさい」

俺はしばらく反応できなかった。

「高木君？」

「あ、はい……。すみません」

「誤解しないで。責めているわけじゃないの。ただ、疲れが溜まっているみたいだから……。ごめんね、ずっとあなた一人にまかせっぱなしにしてしまって。火野さん、交代をお願いできますか？」

了解です、と火野さんが答えて、こちらに向かってくる気配がする。頭からゴーグルが外された。火野さんが心配そうな顔で、「大丈夫か、教官?」と俺の目を覗き込む。

大丈夫です、と俺は答える。火野さんに操縦セット一式を渡すと、ふらつく足でその場を離れた。


自然の風が、頰を撫でた。

緑豊かな公園の、小さなベンチ。顔には木漏れ日が差し掛かり、遠くでは鳥のさえずりが聞こえる。まるで平穏そのものだ。すぐ傍の公衆トイレに頻繁に出入りする住民の姿がなければ、今が災害時だということを忘れてしまいそうだ。

手には、よく冷えたスポーツドリンクのペットボトルが握られていた。

だが、とても喉を潤す気にはなれなかった。

目の奥で、何度も衝突のシーンが蘇った。凡ミスだ。集中力が切れていたとしか言いようがない。

疲労のせいもあるだろうが、ミスした主な理由はもちろん、俺の心の動揺だ。思った以上に、韮沢の台詞は胸にこたえた。彼女のすべてを悟ったような諦めの顔が、俺に一つの真実を突きつけた。

無理なものは、無理だということを。

そうだ。そんなことは子供のころからわかっていた。世の中は「無理」で溢れている。俺はただ、その当たり前の事実から目を逸らそうと、さらなる「無理」を重ねていただけだ。

無理だと思ったらそこが限界だという、兄貴の口癖。それこそが、俺が兄貴の死後にずっと囚われていた「迷宮」だった。だが俺にはそうするしかなかった。兄貴を見捨てたという罪の意識から逃れるためには、迷宮に逃げ込むことしか。死んだ兄貴に自分がなり代わること、それが俺なりの贖罪の方法であり、兄貴への弔いであり、唯一の免罪符だった。ただそうすることだけが、壊れた母親との生活や自責で押しつぶされそうな己の心を辛うじて繋ぎとめる、一本の救いの「糸」だったのだ。

だが、そんなことは最初から無理だった。

過ちをなかったことにする。そんな虫のいい話は、始めから。

俺は……ずっと自分を、騙していたんだ。

両手で顔を覆い、懺悔《ざんげ》する。きっとそんな俺の自己欺瞞《ぎまん》の一番の犠牲者が、韮沢なのだろう。あの海のとき、韮沢を励ます気持ちに嘘偽りはなかったが、それは真に韮沢を思ってのことじゃない。俺は、俺自身に語りかけていたのだ。諦めるな。無理だと思うな。無理だと思えばそこが限界だ。頑張ればきっとその先に道は開ける――。

そして韮沢は、愚直にも俺の言葉を信じた。あの夜の海で、一人静かに挫折を受け入れようとしていた彼女は、運悪く俺の目に留まり、俺の欺瞞に満ちた熱意にほだされ、希望を持たされ、奮起させられ——そして再び挫折を、味わわされた。

恨まれて当然だ。

「無理なものは」口から、つい思いがこぼれる。「やっぱり無理なんだよ、兄貴……」

「あの」

するとすぐ後ろで声が聞こえて、ビクリとした。

振り返ると、見覚えのある顔の女性が立っていた。髪はシンプルに後ろに一つ結びで、化粧っ気はないが、体からは風に乗ってほんのりとミントの香りがする。

伝田さん。

目が合うと、彼女は恐縮そうに頭を下げた。

「すみません。お手洗いに来たら、高木さんの姿が見えたもので……。頭のお怪我、大丈夫ですか？」

「ああ、はい」

答えると、伝田さんは少し躊躇う素振りを見せたあとに、おずおずと隣に座った。落ち込んでいる俺を見て、励まそうとしてくれているのか。隣で黙ったままの彼女にやや当惑しつつ、ひとまず謝罪の言葉を口にする。

「あの……すみません」

「えっ、なんですか？」

「ドローン。隊落させてしまって」

「いえ……そんな」伝田さんは小さく手を振りつつ、「謝らないでください。私も充分、わかっていますから。高木さんやほかの皆さんが、博美さんのために全力を尽くしてくださっていることは……」

会話はいったんそこで途切れる。しばらく鳥のさえずりに間を委ねたあと、改めて俺から問いかけた。

「それで、中継ドローンのほうは？」

「はい。お陰様で、順調のようです。消防の方たちが頑張ってくれているみたいで。ただ、電波干渉って言うんですか？　三機目となると、少しコントロールが難しいみたいですが」

さすがに三機同時ともなると、互いの電波が干渉するらしい。それは懸念材料だが、ひとまず作戦は順調にいっているようだ。

さらに話を聞くと、消防や警察からは追加の助っ人もやってきているようだった。瓦礫の撤去作業が進み、徐々に人手に余裕が出てきたらしい。地下一層にも消火隊が入れるようになり、消火活動も始まっているという。

そろそろ戻らねば、と俺は思う。今のメンタルではメインの操縦士を務めるのは難しいが、火野さんのサポートくらいはできる。

「了解です。自分も少し休んだら戻りますので、皆さんにお伝えください」

「わかりました。でも高木さんも、あまり無理はしないでください。お怪我もされているんですし」

「大丈夫です。無理だと思ったら――」

惰性で口にしかけ、ハッと唇を閉じる。伝田さんは少し不思議そうに俺を見たあと、ふっと微笑み、こちらの意図を汲むように言葉を継いだ。

「そうですね。無理だと思ったら、そこが限界ですものね」

俺は苦笑し、肩の力を抜いた。

「それ、火野さんから聞いたんですか？」

「え？」

「今の台詞……『無理だと思ったら、そこが限界』って、自分の口癖です。正確には、死んだ兄貴の、ですが」

「え、そうなんですか?」

伝田さんが素で驚く。その反応に逆に俺も驚いた。知らないで口にしたのか?

「すみません、そんなこととは露知らず……。私のはむしろ、博美さんの影響というか」

「中川さんの?」

「はい。口癖ってほどではないですけど、彼女もよく口にするんです。『無理だと思ったら、そこが限界』よねって。それがお兄さんの口癖だったなんて……不思議な偶然ですね」

偶然か。俺はオープニングセレモニーのときの、「〈無理〉を〈できる〉に」と言っていた彼女の演説を思い出した。確かに「無理なこと」については、彼女のほうが一枚上手《うわて》かもしれない。

「中川さんも案外、自分に厳しいんですね」

「自分に厳しい?」伝田さんが首を傾げる。

「『無理だと思ったら、そこが限界』ってことは——世の中に無理なことはない、無理とは思っちゃいけないって、つまりそういう意味ですよね? 中川さんはそうやって常日頃から、自分を追い込んでいると」

「あー……」

伝田さんは少し言葉を探すように口ごもったあと、答える。

「博美さんのは、それとはちょっとニュアンスが違いますね」

意外な答えが返った。……ニュアンスが違う？

「彼女のはもっと、自分に甘いというか。うーん、説明が難しいですね。本人から直接聞いたほうが早いかな」

「本人から……直接？」

伝田さんがスマホを取り出した。動画アプリを起動し、何やら検索する。出てきた画面を俺に見せた。

「これ、私たちがチャンネルを開設したころの動画なんですが――」

伝田さんの指が、再生ボタンを押す。


「――博美さん。視聴者さんから質問が来ています」

カメラの前で、二人の女性が黄色いソファに仲良く座っている。中川さんと伝田さんだ。場所は中川さんの自宅だろうか。背後にシールで補修した壁が見えたり洗濯物が見切れたりと、生活感はあるが、家具や雑貨などの物は少ない。

「読みますね。『博美さん、こんにちは。私は今、中学二年生です。私には獣医になるという夢があるのですが、根性と自信がありません。テストの成績が悪かったり、お金のことで親に反対されたりすると、すぐに無理だと思って心が折れてしまいます。どうしたら博美さんみたいに、諦めずに頑張れるようになれますか？』」

ローテーブルに置いたパソコンを覗き込んで質問を読み上げつつ、伝田さんは並行して中川さんの指を打つ。例の「指点字」だ。中川さんはしきりに首を上下させながら話を「聞き」、少し考える表情を見せると、やがて伝田さんの指を打ち返し始めた。

彼女の返答が、伝田さんの口から伝わる。

「『無理だと思ったら、そこが限界です』」

ドキリとした。中川さんの顔に、一瞬兄貴の面影が重なる。

「『だから……私の場合、無理だと思ったら、ひとまずそこでストップします』」

え？　とつい画面に向かって訊き返した。兄貴の幻影は、たちまち消え去った。

「『人にはそれぞれ、限界があります。誰かには簡単でも自分には無理難題なこともあれば、その逆もしかり、です。だから私は、自分には〈無理だ〉と思ったら、すぐに潔く諦めます。諦めて、もっと自分に〈できそう〉なことを見つけて、そちらに目標を切り替えます』」

中川さんが手を止め、手前のテーブルに置いたカップを手に取る。まるで目が見えているように自然な手つきだった。彼女はカップに口をつけると、ほうと小さく息を吐き、再び元の位置に戻す。それからまた「喋り」始めた。

「『できる。できそう。できるかも。そう思ったことから、一つずつ。獣医の夢、いいじゃないですか。動物の命を救う仕事なんて立派ですし、なれたら素晴らしいですよね。あなたが憧れる気持ちはわかります。

でも、あなたの夢は本当にそれ一つだけですか？　本当にそれだけが、あなたのしたいことですか？　例えば動物と関わる仕事をしたいなら、ペットショップの店員だって、トリマーだって、動物園や水族館の飼育係になる手だってあります。盲導犬の訓練士なんてものもありますよ。あなたの世界は無限に広がっているんです。

そもそも夢なんて、無理して叶えるものじゃない。だって〈夢〉なんだから。〈夢〉はドキドキワクワクして、楽しいもの。〈夢〉は叶ってしまえばただの現実。その叶えるまでの過程が楽しいから、〈夢〉なんです。

私はそうやって生きてきました。かくいう私にも、実は今、大きな一つの〈夢〉があります。それは、誰の手も借りずに、一人で最寄りのコンビニに行ってお買い物すること。私はセブン－イレブンの草もちが大好きなんですが、それをいつでも好きなときに、自分のタイミングで買いに行きたいんです。

途中、大きな国道を渡らなくてはいけないので、お隣の志穂さんには止められているのですが。確かに昔の私では無理だったと思いますが、でも、なんだろう……今の私なら、なんだか〈できそう〉な気がするんですよね。昔よりいろんな感覚が鋭敏になっているっていうか。人って目や耳だけで、周りを把握しているんじゃないんです。このへん、普通の人にはわかってもらえない感覚だと思いますが……』」

中川さんの指が止まり、口元に笑みが浮かぶ。

「『すみません、話が逸れました。ええと――とにかく、最初はあまり大きな目標は立てずに、まずは自分にできそうなことから挑戦してみてください。成功のコツは、誰かと比べたりしないこと。あくまで比べるのは、昨日の自分。〈無理〉から〈できそう〉に、〈できそう〉から〈できる〉に――そうやって一つずつ成長の階段を上って、自分の可能性を広げていくことをお勧めします。

あなたもどうか、自分の成長を楽しんでくださいね』」

動画を見終えると、伝田さんに礼を言った。もう少し休んでから現場に戻ると彼女に伝え、一足先に帰る彼女の後ろ姿を見送る。ベンチの背もたれに寄りかかり、湿った夏の風を感じながら目を閉じた。

それから少し、夢を見た。

懐かしい、子供のころの夢だ。

俺は小学生で、二人分の釣竿を背負って、兄貴の自転車の後ろに乗っていた。そのころにはもう一人でも自転車は乗れたが、俺の走りだと兄貴のスピードに追いつけないので、釣りに行くときはいつもこうして兄貴に乗せてもらっていたのだ。

今日は何が釣れるだろう。ワクワクした気持ちで後ろの荷台で揺られていた俺は、ふと妙な胸騒ぎに襲われた。

まだ海は遠いのに、磯の香りがぷうんと漂ってきたからだ。

なんとなく不安に駆られた俺は、すがるように兄貴の腰に手を回す。

そこで、ああ……と悲しくなった。

――兄ちゃん。

――なんだ、ハルオ?

兄貴の湿ったTシャツの背中に顔をうずめて、泣き声をこらえる。

――兄ちゃんの体、ぶよぶよ。

――ああ。

兄貴は笑って言う。

——溺れたからな。

ぎゅうっと、胸が締め付けられるように苦しくなった。

——ごめんな、兄ちゃん。

——何が？

——助けに行けなくて、ごめん。

——……ああ。

兄貴が黙る。俺は兄貴の背中にしがみつきながら、心の中で謝罪を繰り返す。ごめん。ごめんな、兄ちゃん。俺が臆病だったせいで、ごめん。

——あのさ。ハルオ。

ややあって、兄貴が口を開いた。

——なに？　兄ちゃん。

——あのとき俺が、何を思っていたか、わかるか？

ぎくりとした。それは俺が一番恐れていた、絶対に考えたくないことだったからだ。あのとき兄貴は、臆病な俺をどれだけ恨みながら溺れ死んでいったのだろう。暗い孤独な洞窟で、弟の不甲斐なさにどれだけ呆れ嘆きながら、絶望の死を迎えたのだろう。

——あのとき、俺はな。

思わず耳を塞ごうとする俺に、兄貴は容赦なく続ける。

——お前が来たらまずいな、って思ってたんだよ。

え、と思わず声を漏らした。

——あそこはさ、本当に危険なんだ。岩がお碗みたいにつるつる滑って、まるでアリ地獄みたいでさ。だからお前が来たら、きっと俺を助けようとして、同じように足を滑らせて溺れ死んだと思う。俺はそれが怖かった。だから俺は、必死に念じてたんだ。ハルオ、お前は来るな。お前は絶対に中に入ってくるな。中に入らず、誰か大人の人を呼びに行け、ってな。

磯の香りが強くなった。湿って柔らかくなった兄貴の背中に、ほのかな体温を感じる。

——落ちたのは、俺のミスだ。あそこはやばいってのは充分わかってたんだが、横を通るときに釣り針が引っ掛かって、無理に取ろうとして、つい……まあ、自業自得だよ。だから俺が死んだのは仕方ない。けど、お前まで巻き込んじまったら、そんなの死んでも死にきれねえよ。

兄貴の腰に回した腕に、ぎゅっと力を籠める。兄ちゃん。兄ちゃん——兄ちゃん。

——いいか、ハルオ。

兄貴は俺の腕をポンと軽く叩いて、言う。

――無理っていうのは、信号なんだ。「これ以上やったら危険だ」っていう、脳や体のな。もちろん人間は機械じゃないから、その信号が本当に正しいかどうかはわからない。慎重になりすぎて失敗することもあれば、甘く見すぎて無謀なことをやっちまうこともある。けど大事なのは、その「無理かどうか」のラインを自分で引くことだ。お前の感覚で、お前の意志でラインを引くこと自体が、重要なんだ。だってそのラインは、お前以外の他人には絶対解《わか》らないことなんだから。だからあのとき、お前が「無理だ」と思って諦めたのは、それはそれで正しいんだよ。

――違うよ。

兄貴の背中に顔をこすりつけるようにして、首を振る。

――オレ、たぶん無理じゃなかった。きっと、頑張れば行けた。オレがもっと、勇気を出せば……。

――無理だったんだよ。

兄貴は笑って、自転車を止めた。こちらを振り返り、大きなバナナみたいな手を俺の頭に置いて、揶揄《からか》うような目で見下ろす。

――だってお前、あのときはまだ、こーんな小さいガキだったんだぜ？

目からボロボロ涙がこぼれた。

――ごめんよ。ごめんよ、兄ちゃん。

――いいって。それより俺が死んだせいで、お前に苦労かけたよな。母さんのことかさ。よく家を守ってくれて、ありがとな。

――ごめんよ。助けられなくてごめんよ、兄ちゃん。

――いいって。


顔に風を感じて、唐突に目が覚めた。

起きて、ずいぶん自分に都合のいい夢だと思い、ティッシュを出して鼻をかんだ。

兄貴の霊が夢枕に立ったとは思わない。あのとき兄貴がそう感じていたという保証は何もないし、兄貴の本心は永遠に誰にもわからない。すべては俺の妄想、願望。今のはただ、中川さんの話に影響されただけだ。

そう思いつつも、ふと兄貴の顔を拝みたくなった。ポケットからスマホを取り出し、中に保存してあった昔の写真を見ようと、再び電源をＯＮにする。

すると直後に電話が鳴り、虚を衝かれて反射的に通話ボタンを押してしまった。

『――ハルオ！』

母親だった。ずっと電話を掛け続けていたのか。一瞬しまったと思ったが、すぐに聞こえてきた安堵の嗚咽《おえつ》に、今度は良心の痛みに襲われる。やはり一度くらい、電話を掛けてやるべきだったか。

「母さん」一通り慰めの声を掛けたあとに、ふと口にした。「さっき、兄貴の夢を見たよ」

『そう』母親はやや落ち着きを取り戻した声で、『あの子も、ハルオが心配だったのかしらね。何か言ってた、あの子？』

「あまり無理するな、だって」

『そう……。あの子らしいわね』和やかな笑い声。『私も働きすぎで体調を崩したとき、言われたわ。母さんは無理しすぎだって。体の限界を超えて稼いでも、その分医者代で出ていくだけだって』

少し、周囲の物音が遠くなった。頭の中で、今の母親の台詞を何度も反芻《はんすう》する。

「……兄貴が、そう言ったの？」

『そうよ。それで少し、パートの時間を減らしたの。だからハルオにも、いつも言ってるでしょう。〈無理しないで〉って。あれは、あの子の受け売り』

そこから先の会話は、よく覚えていなかった。電話を切り、しばらく風に揺られる公園の草木を見つめたあと、濃い夏草の香りのする空気を胸いっぱいに吸い込み、立ち上がる。

現場に戻ると、周囲には重い空気が漂っていた。その場の面々の表情から、あまり作戦がうまくいっていないことを感じ取る。

人々の視線の中心では、ゴーグルを外した火野さんがパイプ椅子に腰かけ、放心したように空を仰いでいた。今は小休止、といった感じか。

花村さんが俺の顔を見て、ふっと表情を緩めた。

「……回復したみたいね」

「はい」

答えて、設営テントに据え置かれた大型モニターに目をやる。

「今、どういう状況ですか？」

「あまり良くはないわ」

花村さんが険しい声音で答える。

「三機目がなかなか送れないの。どうしても電波が干渉してしまって。今も危うく一機を失いかけたところ」

「すまない、教官。俺の腕じゃ、どうにもならなくて」

火野さんが謝罪してくる。フォローの言葉を返そうとすると、先に我聞先輩が呼びかけてきた。

「高木。お前が操縦してみるか？」

少し考えてから、首を横に振る。

「いえ。火野さんが無理なら、俺にも無理だと思います」

我聞先輩が一瞬、ギョッとしたような表情を見せた。

「お前……今なんて？」

「電波の干渉は、操縦技術じゃどうにもなりません。元の作戦自体に無理があったんです。もう一度、作戦を練り直しましょう。いっそのこと、ルート自体を変えてしまうとか」

啞然とする我聞先輩を尻目に、俺は長井消防司令たちが集うテーブルに向かう。初詣などの人混みでスマホが繋がりにくくなるように、ドローンも複数集まれば電波の奪い合いが発生する。もちろん昨今の通信技術では干渉を防ぐ工夫もされているが――周波数分割多重化（ＦＤＭ）や時分割多重化（ＴＤＭ）など――それでも距離が近ければ、互いの通信が影響し合うのは避けられない。

それは物理的な限界であって、パイロットの腕でどうにかなるものではない。俺がテーブルに歩み寄ると、そこにいた面々が困惑気味にこちらを見た。中に初めて見る顔がちらほらある。伝田さんが言っていた通り、人員が補充されたのだろう。

「作戦の練り直し……ですか」

長井消防司令が俺を値踏みするような目で見てから、言った。

「といっても、高木さん。それは言うは易し、ですよ。我々もさんざん案を練りましたから」

「正攻法で、救助隊が直接助けに向かう……というのは、どうでしょうか？」

長井消防司令の眼力にやや気圧されつつ、訊き返す。

「地下の消火活動が始まったと、伝田さんから伺いました」

「消火活動はようやく始まったばかりで、まだ地下一層の消火で手いっぱいです。二層は相変わらず燃えていますし、三層の火災も徐々に火勢を増してきています」

「お話し中失礼します、長井消防司令」

新顔の消防隊員の一人が、スマホを片手に険しい表情で口を挟む。

「たった今、中央管理センターから報告が入りました。水耕栽培エリアの火災の煙が、要救助者のいる工場内にまで流入し始めた模様です」

「何だと？」

「監視カメラの映像から割り出したペースだと、あと一時間ほどで工場全体に充満する計算です。また地下水の上昇速度も早まっていて、当初の予測より三十分ほど早く第三層に達する見込みだそうです」

ふうむ、と長井消防司令が顎を撫でた。俺も思わず息を呑む。煙の流入に、水位上昇のペースアップだって？　それではとても悠長に救助隊の到着など待っていられない。

焦る気持ちを抑えつつ、黙考する。

光も見えない。音も聞こえない。そんな彼女を、どうやって安全地帯まで誘導できるだろうか。

やはりドローンを使う以外、いい手は浮かばない。ドローンは必須だ。ドローンの代わりの手段を探すより、何とかドローンを動かす方法を考えたほうが手っ取り早い気がする。なら問題は、どうやって電波を届かせるか、だ。

三機のリレーは無理。中継器は場所的に投下できないのでドローンで保持するしかなく、ダクトは折れ曲がっているので中継点の位置もずらせない。地下の無線ＬＡＮの電波もダクトの中までは届かない。工場の産業ロボットは固定式なので物流倉庫のフォークリフトのようには移動できないし、そのアームも床に落ちたドローンに届くほどの長さ《リーチ》はない。

考えれば考えるほど、「無理」の二文字が頭に浮かぶ。

落ち着いて、考えろ。

無理なことは考えなくていい。考えるべきは、今の自分に何ができるか、だ。この状況で可能なこととは、いったい何なのか。今の俺はもう、ただいたずらに暗闇に怯《おび》えていたあのころとは違う。暗い洞窟の恐怖を乗り越え、なおかつ限界を知ることも知った、現在の自分にできること――。

暗い洞窟。

そこで、ハッと気付いた。

そうか。まさか、こんな単純な解決法があったとは。

目が覚める思いだった。文字通り、起死回生の一手だ。これなら電波の干渉も防げるし、韮沢の妹の問題も解決できる。

――無理だと認めることで、初めて見える道があるのか。

俺は一呼吸置いてから、長井消防司令に向き直る。

「ドローンの数を、減らしましょう」

そう、提案した。

「中継ドローンを一機、減らします。そうすれば電波干渉の問題は解決します。減らした分は、ほかの行方不明者の捜索に回してください。ちょうど今、知り合いの妹が迷子になっていまして」

「ドローンを一機減らす？　しかし、それでは……」

「大丈夫です」

力強く言い切る。

「電波は届きます。自分が最初の一台の代わりになればいいんです。自分が操作機《プロポ》を持って、一機目のポジション――地下一層まで、降ります」

VI
アリアドネの声

Ariadne's Calling

思うに、人には誰にでも、人類がそもそものはじめから経験してきた印象や情緒を理解する能力があって、各個人は緑の大地や、ささめく水の意識下の記憶を持っていますから、盲も聾も、この昔の人々からの贈り物を奪うことはできません。この遺伝的能力は一種の第六感で、一度に見、聞き、感じる魂の感覚なのです。

――「ヘレン・ケラー自伝　私の青春時代」ヘレン・ケラー著

1

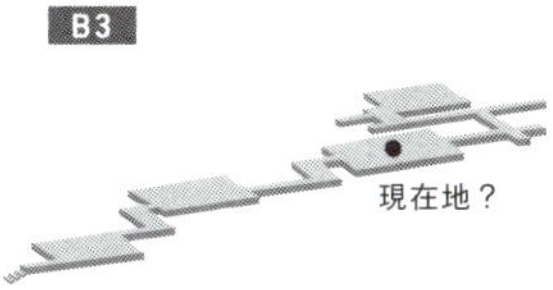

現在位置：地下三層ダキソン工業地下第一工場（詳細不明）
シェルターまでの距離：150メートル
三層浸水まで：30分
煙充満まで：49分

赤い炎が、暗い通路のあちこちに躍っていた。

まるで鬼火のようだ。足元は空気呼吸器のマスクで見づらく、瓦礫のせいで非常に歩きにくい。慣れない防火コートはゴワゴワと固く、防火靴は鉛の足枷《あしかせ》を引きずっているかのようだった。一歩一歩が、苦行の連続。日頃の運動不足が祟《たた》り、すぐに息が上がる。

「教官」

前を歩いていた火野さんが、振り返って何か言った。一応マスクには伝声器がついているが、自分の荒い呼吸のせいで聞き取りにくい。

近寄り、大声で訊き返す。

「何ですか⁉」

「そこ、鉄骨が出てるから！　コートを引っ掛けないよう、気を付けて！」

「あ、はい。了解です」

「え、何⁉」

「了解です！」

地下に向かうという俺の提案は、何とか受け入れられた。

一応契約の文書は交わしているとはいえ、救助訓練も受けていない一民間人の俺が危険な災害現場に赴くことには、いろいろ反対意見もあったようだ。だがひと悶着あった末に、最終的にはGOサインが出た。難色を示す上層部を、長井消防司令がどうにか説得してくれたのだ。何かあれば自身の責任問題にも発展するはずだが、涼しい顔で俺を送り出してくれたその懐の広さには感謝しかない。

大丈夫。無理はしていない。

息を荒らげながらも、俺は冷静に状況を分析する。

地下一層の消火活動は本格的に始まっており、俺たちが向かう北西区画の工場用換気ダクトの周辺も、すでに消火隊が入って火の手を抑えていた。通路は崩落の危険が少ない箇所を選んでいるし、防火・防煙対策も充分。加えて今俺を護送してくれているのは、火野さんたち救助活動のプロだ。道中の安全面については何の心配もない。

恐怖もない。暗闇の洞窟というだけで足が竦《すく》んでいたのは、はるか昔の話だ。今の俺にとって、暗闇けただ不便というだけ。足元の見えない障害物を警戒することはあっても、暗闇に一人取り残されることを想像して怯えたり、パニックに陥ったりすることはない。

それに——と、俺は思う。

これが、彼女の世界なのだ。

これよりはるかに暗くて閉ざされた世界の中で、彼女は一人孤独に戦ってきたのだ。見えない。聞こえない。話しかけようとしても伝わらない。今経験しているこの特殊な状況こそが、彼女にとっての日常なのだ。

そう思うと、とても弱音など吐けなかった。隊列から遅れがちな自分の鈍足を叱咤《しった》しつつ、ひたすら地下を目指す。早く。一刻も早く、彼女のもとへ。彼女をその地下迷宮から解き放つ糸となる、ドローンの導きを。

やがて前方の暗闇の中に、明るいスペースが見えてきた。先発隊がライトを設置してくれていたらしい。壁際に飲食系の店舗が並んでいるのを見ると、フードコートの一角のようだ。

天井に、ひときわライトを集中的に浴びている箇所があった。天井のパネルの一部が外されていて、奥には銀色に輝くダクトがちらりと見える。

あれか。ごくりと喉を鳴らし、近くまで歩み寄る。

「まったく。うちの会社、危険手当出るのかよ……」

目的地に到着すると、早速我聞先輩がブツブツ言いながらアタッシュケースからノートパソコンを取り出し始めた。一行には先輩も参加していた。点群データなどの画像処理はソフトが自動でやってくれるので、設定さえしておけば俺一人でも一応操縦はできたのだが、それでは咄嗟のアクシデントに対応できないということで、サポートについてきてくれたらしい。なんだかんだ言って、人の好い先輩だ。

地下に向かった救助チームは、俺、我聞先輩、火野さん、佐伯さん、あとは支援の消防隊員が三名の、計七名。チームリーダーは火野さんが務めている。

「黒煙、確認！」

佐伯さんがフードコートの一角をライトで照らし、叫んだ。ただちに支援の消防隊員が駆け付け、地上から引っ張ってきたホースで放水を始める。

「教官！」火野さんが俺に近寄ってきた。「このあたり、ガスの濃度が高い。面体は絶対に外さないでくれ」

面体とは空気呼吸器のマスクのことらしい。俺は頷き、我聞先輩とも目で合図を交わしてから、訊き返す。

「空気は、あとどのくらい持ちますか？」

「帰りの時間も入れて、ざっと二十分ってところか。二人は慣れてないから、空気の減りはもっと早いかもしれない。こちらでボンベ圧を確認しながら、適当なところで退避指示を出します。そのときは誘導作業中でも、どうか退避を優先してほしい」

「了解です」

二十分。シビアな数字だ。サッカーのハーフタイムに毛が生えた程度の時間内に、ドローンを再起動させ、中川さんを発見し、避難シェルターまで導かなければならない。

周囲の安全をひとまず確保できたところで、俺は機体の準備作業を終え、操作機《プロポ》を手に取る。まず手始めにやることは、中継ドローンを送り込むこと。一機はすでに地下二層の中継点で待機しているので、新たに送り込むのはさっきまでこの第一層にいた、初めの一機だ。

ちなみに今は空気呼吸器のマスクを着けているので、ゴーグルは使用できない。その代わり、俺が持つ操作機《プロポ》には小型のモニターが取り付けられていた。操縦はモニター画面を見ながら行うことになる。

防火手袋越しの操縦はやはりやりにくかったので、思い切って手袋を外した。周囲にはまだ熱が籠っているようで、手の甲に火鉢にかざしたような熱さを感じる。佐伯さんが何か言いたげにこちらを見たが、制止はされなかった。俺は素手で一通り機器の確認を済ますと、先輩に合図を送り、まずは中継ドローンを離陸させる。

今度は難なく飛行できた。目論見通り電波障害に悩まされることなく、ドローンが無事地下三層の中継点まで辿り着く。そこでいったん機体をホバリングさせ、隣で待機していた別の消防隊員に操作機《プロポ》を譲り渡す。

いよいよ、ＳＶＲ－Ⅲの操作機《プロポ》を手に取った。

緊張の一瞬だった。電波の中継器は二台、予定通りの場所に配置した。花村さんたちの計算が正しければ、これでＳＶＲ－Ⅲに電波が届くはずだが――。

「映った。映りました」

佐伯さんが、興奮気味に叫んだ。俺の操作機《プロポ》のモニターにも、ノイズ交じりの点群データの白黒映像が表示される。思わずこぶしを握った。

「待て、高木。喜ぶのはまだ早い。離陸を確認してからだ」

すぐに我聞先輩が釘を刺す。その通りだと思い、再度気を引き締めた。一つ深呼吸をしてから、意識を指先に集中させ、左右のスティックを逆ハの字に押し倒す。

ヘッドフォンから、ブウン、と風を切る音が聞こえた。つい興奮して叫ぶ。

「動きます。先輩。プロペラ、生きています」

「よし」先輩の声もやや高揚する。「なら、離陸しろ。慎重にな。一メートルほど上にロボットアームがあるから、あまり上昇させすぎるな」

「了解です」

工場の監視カメラの映像で、ＳＶＲ－Ⅲの周囲の状況は確認している。ここはロボットの森だ。あまり不用意に機体を動かすと、あちこちに突き出たアームに引っ掛かり、再び墜落しかねない。

「ＳＶＲ－Ⅲ、離陸します」

左の親指に力を籠め、左スティックをゆっくり上に押し上げる。

モニターの白黒映像が、徐々に下に流れた。高度を示す数値が上昇し、その数値が五十センチを超えたところで機体を旋回させ、少し前進。さらに機体を一回転させ、周囲の障害物との距離を目測してから、再浮上。

ドローンが、再び空中を舞った。

「よし！」

先輩が手を叩く。俺は肺から深々と空気を吐き出した。佐伯さんが地上と繋いだ有線マイクに向かい、嬉々として叫ぶ。

「離陸成功！　十八時三十一分、ＳＶＲ－Ⅲ、再離陸しました！」

これで、第一段階はクリア――。

が、しかし、もちろんこれで終わりではない。俺はすぐに気持ちを切り替え、意識を次のフェーズに移す。

続いての目的は、中川さんを発見すること。監視カメラの死角で映らなかった中川さんは、今どこにいるのだろう？

最初に聞こえていた白杖の音は、今はまったく鳴っていなかった。疲れて諦めたのだろうか。それとも――一瞬最悪な想像が脳裏をよぎるが、俺はすぐに頭を振って、その不穏な考えを追い払う。

あくまで彼女が生きているという前提で、捜索を進めよう。確か先輩の分析では、音は養生マットのある部屋のような場所から聞こえていたはずだ。しかし中央の空中歩廊を渡った先には、条件に該当するような場所はいくつもある。一つ一つを探していては時間がかかりすぎるし、点群データやサーモグラフィの粗い映像では見落としてしまう危険性もある。

ドローンのプロペラの風も、部屋の壁越しでは気付いてもらえない。白杖の音さえ立ててくれれば、と俺は切に願う。あの杖の音さえ聞こえれば。何度も言う通り、ＳＶＲ－Ⅲには三次元的に音源の位置を推定する探索機能がある。それを使えば地下鉄ホームのときと同じように、彼女の居場所を容易に特定できるはずだ。

頼む。一度でいい。音を――。

そう、願ったときだった。

鼓膜が、かすかな物音を捉えた。

コーン……。

コーン。コーン。コーン……。

思わず顔を上げる。

「先輩、この音！」

「ああ」少し昂った声が返る。「見つけた。音源は工場の北東区画、半製品置き場だ。二時の方向、距離にしておよそ三十メートル――急げ、高木！　彼女はその中にいる！」

「はい！」

ドローンを急旋回させ、指示された方向へ飛ばす。

前方に点群データの白い壁が見えた。その一か所に、出入り口らしき四角い穴がある。

穴をくぐると、サーモグラフィの青や水色などの冷色系の色彩の中に、ぽつんと赤いグミのような塊が見えた。おそるおそる接近すると、赤い塊はドローンの風を感じたのか、急に反応し出して喜びを表すようにその輪郭をうねうねと変化させる。

見つけた。

生きていた。今度も、生き延びていてくれた。

急激に胸にこみ上げる熱いものに、思わず唇を噛んだ。

2

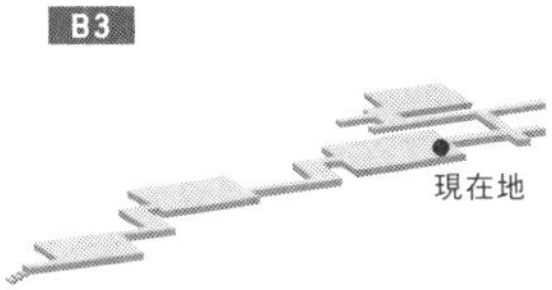

現在位置：地下三層ダキソン工業地下第一工場
シェルターまでの距離：１２０メートル
三層浸水まで：15分
煙充満まで：34分
空気呼吸器ボンベ残量：７分

まだ発熱剤の熱が残っているのだろう、赤く輝くバックパックらしき斑点を中川さんは拾い上げると、ドローンのほうに近寄ってきた。ワイヤーの張力が変化し、彼女が摑んだことを知る。

「急いでくれ、教官。お二人さんのボンベの空気が残り少ない」

「了解です」

火野さんの警告に焦りを感じつつ、中川さんを誘導していく。まずは今いる部屋からの脱出。続いて元のルートへの帰還。そこから工場を出て、地下道の大通りを抜けながら、最終目標地である避難シェルターを目指す。

少し間が空いたため最初は誘導に手間取ったが、すぐに勘を取り戻した。通路もメインの通りに戻ったため、無線ＬＡＮの電波も良好だ。

工場を出れば、避難シェルターまで直線距離でもう百メートルもない。あと少しだ。このまま誘導が順調に続くことを祈りつつ、全神経を集中させてドローンを飛ばしていく。

だが世の中、やはりそう都合よくはいかない。

あと数十メートルの地点まで迫ったときだった。突然、足元に細かな振動を感じた。ハッとし、身を強張《こわば》らせる。

「……余震です」

佐伯さんの注意喚起のアナウンス。場に緊張が走った。だが身構えたわりには今度の余震はそれほど大きくもなく、時間も短かった。体感的に震度一、二といったところだろうか。

　やがて揺れは静かに終息し、俺の口からふうと安堵の吐息が漏れる。

だが安心するのは、早かった。

直後に、熱気を感じた。

「教官！」

突然火野さんに肩を掴まれ、後ろに引っ張られる。俺は不意を衝かれてバランスを崩しつつも、咄嗟に親指だけは何とかスティックから外した。もう二度とあんな失敗はできない。

「いったい何を――」

訊き返そうとしたところで、固まった。すぐ目の前の足元から、炎がガスバーナーのように噴き出している。

気付くと、そこ以外にもあちこちから火の手があがっていた。火野さんたちが放水ホースや携帯型の消火銃《インパルス》で、必死に鎮火して回っている。

「なんで――急に、こんなに――」

「空気だ！」ホースを振り回しながら、火野さんが叫ぶ。「さっきの余震でどこかに穴が開いて、階下に新鮮な空気が流れ込んだんだ。まずいぞ。この勢いだと、もうじきここら一帯は火の海になっちまう」

俺は目を丸くして炎を見つめた。バックドラフトみたいなものか。

「もうじきって、どのくらいですか？」

「よくて十分――いや、五分ってとこか。だがそれより問題なのは、煙だ。煙で視界を塞がれたら、逃げるに逃げられなくなる。この広さなら、煙はあと二、三分で充満するぞ」

バクン、と心臓が跳ねる。二、三分。速まる鼓動を深呼吸で抑え込み、必死に考えた。ここから目標のシェルターまで、あと約三十メートル。中川さんの平均移動速度は秒速〇・六メートルだから、かかる時間は――およそ、五十秒。

一分弱だ。なら、まだ無理じゃない。

「あと三分――いや、二分でいいです！　時間をください」

「二分⁉　無理だ！　煙で通路が見えなくなっちまう！」

「お願いです！」

火野さんがマスクの下で、渋い顔をした。「いざとなったら、引きずってでも連れていくからな」そう捨て台詞を残して、火柱の向こうに消えていく。

「……俺は、お前と心中する気はないからな」

背後から、我聞先輩が陰気な声で言った。俺は苦笑し、「こっちもですよ」と言い返して、再び操作機《プロポ》を持ち直す。

ドローンはそのままホバリングしてくれていた。中川さんも辛抱強く待機してくれていたようで、確認のために少し機体を前進させると、ワイヤーの張力に確かな反応がある。

よし、ついてきている。逸《はや》る気持ちを抑えつつ、スティックを慎重に傾ける。

ドローンが前進する。そこでふと、点群データの映像が妙に乱れ始めたことに気付いた。特に通路の天井や床付近。ヘッドフォンには水流の音も聞こえる。

「先輩、映像がなんか変です。それに水音も――」

「天井のは煙だ。足の速い煙に追いつかれたんだ。床は浸水だろう」

「浸水？　けれど三層浸水までは、まだ少し時間が――」

「さっきの余震で、さらに浸水のペースが上がったんだ。急げ、高木！　水圧でドアが開かなくなるぞ！」

ぞわっと首筋の毛が逆立つ。ここに来て、また火と水の追い上げだ。狙った獲物は絶対に逃がさないという、強固な自然の意志さえ感じる。

全速力でゴールを目指したいところだが、それだけはできない。指先につい力を籠めたくなるのを必死にこらえ、ドローンを操縦した。T字路を左に曲がり、しばらく道なりに進んで、次のT字路を右折。今のが最後の分岐点だ。ここまでくればもう分岐も曲がり角もない。直進あるのみだ。

徐々に大きくなる水音に神経を尖らせつつ、ドローンを進ませる。

あと二十メートル——十五——十——。

だが、その残り十メートルあたりまで来たときだった。点群データが描き始めた前方の様子を見て、俺は困惑した。

「先輩。この先、行き止まりです」

「問題ない」先輩が答える。「その行き止まりの横の壁に、避難シェルターのドアがあるんだ。突き当たりまで来たら、機体を上下させろ。ドアや梯子の合図だ」

了解です、と答えて機体を進ませる。やがて行き止まりまで来たところで、指示通り機体を上下させた。それから百八十度旋回してサーモグラフィに映る中川さんの動きを観察すると、赤い輪郭は少し考えるように動きを止めたあと、期待通り横の壁のほうに向かって動き始める。

ホッと息をつきつつ、報告した。

「成功です、先輩。中川さん、突き当たりに向かって左のドアに向かいました」

「左？　報告は正確にしろ、高木。ドアは突き当たりに向かって右だろう？」

「え？　左ですけど」

一瞬、間があった。直後に、先輩の珍しく取り乱した叫びが上がる。

「しまった！　なんでこんなことに気が付かなかったんだ！」

「どうしました？」

「今見取り図を確認したが、この突き当たりにはドアが左右にあるんだ。正確には少し位置がずれているから、突き当たりのドアは右だけなんだが――けれど中川さんが先に手前の左のドアに気付いてしまったら、そちらのドアだと思い込んでも無理はない。

悪い、高木。このケースも想定すべきだった。――くそ、どうする？　どうすりゃ彼女に、反対側だと気付いてもらえる？」

なんだと。俺は絶句した。最後の最後に来て、そんなトラップが待ち受けているとは。

これは……まずいぞ。背筋に冷たいものが走る。通路の幅は狭い。ドローンを横に動かし、反対側のドアだとワイヤーを引っ張って教えることはできない。もしこのまま逆のドアに入られてしまったら、そこから出てもらうのもまた一苦労だ。もう一度時間をかけて誘導し直すしかないが、今は時間がない。

どうする。

そのときふと、あの動画の中川さんの声が蘇った。

――今の私なら、なんだか〈できそう〉な気がするんです――。

もしかしたら。

反射的に、ヘッドフォンのマイクに向かって叫んだ。

「違います、右です！　右のドアに入ってください！」

画面の中の赤い輪郭の動きが、ピタリと止まった。

逡巡《しゅんじゅん》の間。また少し迷うような素振りを見せたあとに、今度は反対側に向かって動き始める。右側の壁に四角い穴が開き、赤い輪郭がその中へ滑り込んだ。やった。俺は小さくガッツポーズをすると、彼女の後を追ってドローンも四角い穴の中へ移動させる。

「高木。今のは……」

我聞先輩の困惑の声が聞こえる。俺はそれには答えず、シェルターに入った中川さんがドアを閉める音を確認すると、声を張り上げた。

「火野さん！　誘導、終わりました！」

「やっとか！」

火野さんが万歳するように両手を振り上げて、周囲に号令する。

「よし、総員撤収！　撤収だ！　佐伯、退路を確保しろ！　通路は視認できるか？」

「駄目です！　煙が充満して――」

「大丈夫です！」

俺は叫ぶと、中継ドローンを操縦していた隊員の一人に駆け寄り、操作機《プロポ》を借りた。それを使い、まだダクト内に待機しているドローンを一機、猛スピードで帰還させる。

戻ってきたドローンを片手でキャッチし、胸の前に横向きに抱きかかえた。

同時にもう片方の手で、操作機《プロポ》のスティックを限界まで押し倒す。

プロペラが猛然と回り出した。扇風機のように巻き起こる風を、広間の一角を覆う煙の壁に向ける。

まるでモーゼの「海割り」のように、煙が割れた。その隙間に、俺たちが来た通路が垣間見える。

すかさず指さし、叫んだ。

「あっちです。行きましょう！」

3

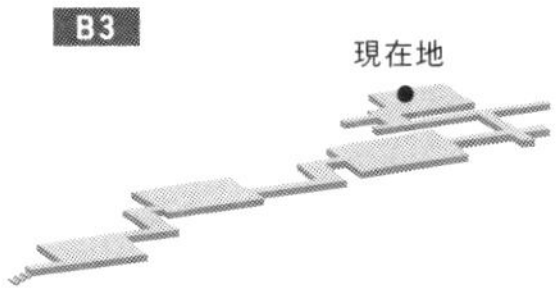

現在位置：地下三層北西区画避難シェルター
シェルターまでの距離：0メートル（到着）
三層浸水まで：――――（浸水済み）

トラ縞《じま》の規制テープが張られた地上の出入り口の手前で、救助隊の帰還を待っていた。

あの「余震」は俺たちには災難でも、消火隊には恩恵となったらしい。揺れによって一部の床が崩れ、階下の区画の火災を消した。それを糸口に、一気に消火活動が進んだのだ。余震後三十分ほどで消火隊は地下三層まで到達し、ただちに中川さんの救助隊が送り込まれた。彼らの帰りを、今か今かと待ち構えているところだった。

すでに日は落ち、何台もの投光器が瓦礫と化した地上口の階段を照らしている。隣には、光に浮かぶ韮沢の横顔もあった。妹の捜索は今も続いていて、俺は約束通り、これから手伝いに向かう予定だった。すぐに向かわなかったのは、ドローンの回収が必要だったから――高性能なセンサー機器を備えたＳＶＲ－Ⅲは、地下での遭難者の捜索には最適だ。壊れたカメラさえ交換すれば、すぐにでも現場に投入できる。俺はシェルターから機体も一緒に持ち帰ってもらうよう、救助隊に頼んでいたのだ。

しかしそれを差し引いても、とにかく中川さんの安否をこの目で確かめたかった。シェルターに到達したあとは、ドローンもバッテリー切れになってしまっている。シェルター内には通信設備もあったが、彼女には扱えない。音信不通になって、はや数十分。彼女は無事耐え切れただろうか。

「高木君」あれこれ気を揉んでいると、ふと韮沢が話しかけてきた。「ありがとう。約束を守ってくれて」

「いや」俺はじっと穴に目を凝らしつつ、首を横に振る。「そっちの捜索は、まだこれからだから」

「うん……」韮沢は頷きつつ、「でも正直、ここまでも無理だと思っていた。救助が大変なことは、ネットの情報でも伝わっていたから。中川さんの救助が無理なら、私の妹の捜索なんてとても――だけど高木君は、それが私の思い込みにすぎなかったことを、こうして証明してくれた。だから……今なら信じるよ。高木君が言っていたこと」

　韮沢が俺の肩に手を置き、初めて血の通った笑みを見せる。その笑顔に一瞬目を奪われた。しかしすぐに気まずい思いに襲われ、俺は自分から視線を逸らす。

「悪い、韮沢。そのことなんだが――」

　兄貴のあの台詞が誤解だったかもしれないことを正直に話し、謝罪する。韮沢は特に表情も変えず、こちらの話を静かに聞いていた。恨み言の一つや二つは覚悟していたが、韮沢は最後に「そうなんだ」と呟いたきり、じっと投光器の照らす闇を見つめたまま黙り込んでしまう。

　ややあって、「よかったね」という声が聞こえた。

「え？」

「お兄さんの言葉に、別の解釈があることがわかって。ずっと縛られてたんでしょう？その言葉に」

　動きが止まる。「そう……かも……な」曖昧に答えて、俺も視線を夜の闇に向けた。

　――確かに俺は、兄貴の呪縛から解放されたのかもしれない。

　もちろん兄貴を見殺しにした罪悪感は、根っこのところで消えたわけではない。が、韮沢が言ってくれたように、少なくとも迷宮の出口に向かって一歩踏み出せた、とは言ってもいいのではないか。

兄貴のあの言葉を心の拠り所に生きてきた自分が、代わりにどんな生き方を目指せるかは未知数だが――まあ、できることを一つずつ、だ。

「なあ、高木」

物思いに沈んでいると、今度は韮沢とは反対側にいた我聞先輩が、腕組みしながら訊いてきた。

「なんですか、先輩？」

「あの最後のドアのことなんだが……中川さん、やっぱり耳が聞こえていたのか？」

俺は少し押し黙った。

「俺は」やや間を置いて、答える。「彼女はあれを、耳で聞いたんじゃないと思います」

先輩が訝しげな顔をする。

「どういうことだ？」

「昔の動画で、彼女は言っていました。最寄りのコンビニに一人で買い物に行きたいが、途中に国道があるのでそれは難しい。けれど、今の自分ならできそうな気がするって。つまり彼女には、何らかの目算があったんです。〈無理〉を〈できる〉に変える――視覚にも聴覚にも頼らず、車の往来が激しい国道を渡り切るような方法の目算が」

「どんな方法だ？」

「ここからはただの憶測ですが……たぶん、『振動』じゃないでしょうか」

「振動？」

「聞いたことがあります。音も光も、物理的な力を伴うって。音圧とか光圧とか言うじゃないですか。彼女の皮膚感覚は、そういった力の起こす微細な振動を、敏感に捉えていたんじゃないでしょうか」

　先輩は胡散臭そうな目つきで、俺を見る。

「まあ確かに、音波も光の電磁波も、物理的な振動の一種とは言えるが——さすがに光圧まで感じ取れるというのは、無理があるんじゃないか？　あんなの、巨大な帆で受け止めてやっと一円玉の重さ一枚分とか、そんなレベルだぞ。それに、あの倉庫でフォークリフトを避けたのは？　何台ものフォークリフトを、振動だけで見分けるなんて不可能じゃないか？」

「それは、あくまで俺たちの感覚です」

　俺は反論する。

「公道を歩き慣れている彼女なら、複数の振動源を感じ分けることも可能だったのかもしれない。それに光は紫外線を含みます。紫外線による皮膚へのダメージを、力として認識していたのかもしれない。それならドローンのライトが壊れたあとに彼女の足取りが重くなった理由も説明つきますし、あのとき彼女が伝えたかったことも理解できます」

「ライトの紫外線を感じていたってことか？　それで俺たちに、ライトが壊れたことを必死に伝えようとしていた、と……。だが、ＬＥＤライトには紫外線成分はほとんど含まれないはず。蛍光灯の二〇〇分の一とか、そんな程度だぜ？」

「でも、ゼロじゃない」

そう。彼女が俺たちの想像以上に「振動」を活用していたとすれば、すべてに説明がつく。

最後のシーン、彼女が間違えたドアに向かったときに「右」という言葉で方向を変えたのも、別に言葉の「意味」を理解したわけでない。体に「感じた」音の調子で、何か警告されていると察したのだ。

それで考え、別のドアがあるのではないかと思い当たり、転進した――。

俺の説明を聞いても、先輩の眉間の皺は消えなかった。腕組みしたまま、相変わらずの仏頂面で地上口のほうを見る。

「まあ、仮にその解釈で俺たちが納得したとしても……はたして、事が収まるかな？」

「事って？」

「ネットで炎上してるだろ。彼女の『障害詐称疑惑』。今の説明で、ネットの口うるさい連中が黙るかどうか。俺には疑問だぜ」

無言で地上口を見つめる。言いたいやつらには、言わせておけばいい。どうせそんな連中には真実など関係ない。彼らはただ日頃の鬱憤晴らしに、あることないことを面白おかしく騒ぎ立てたいだけだ。

確かに一見、超能力のように思われるかもしれない。だがそれはあくまで、彼女が「できそう」を積み上げた結果だ。今の自分に「できること」をコツコツと積み重ねていった彼女の努力が、常人には到底「無理」な境地まで辿り着かせた――きっとこれは、そういう話だ。

「あっ……来た」

韮沢が声を上げた。ブルーシートで囲われた階段の出口を見やると、中からオレンジの消防服を着た隊員たちが、ちょうど姿を現すところだった。

彼らは声を掛け合いながら、下から担架を持ち上げようとしている。それを見て、俺の胸に不安が生じた。彼女は自力で歩けないほど、衰弱しているのか？　それとも……。

担架が地上に引き上げられる。喉がゴクリと鳴った。もしや、という不吉な予感を振り払いつつ、ライトに照らされた担架の中に目を凝らした、その瞬間――。

全身に、衝撃が走った。

ああ……。

まさか、そんなこととは。

思わず跪《ひざまず》いた。俺は一目で理解した。確かに――彼女は、見えていた。すべてが見えていたし、聞こえてもいた。

だがその彼女というのは、中川さんではない。

中川さんが背負っていた、もう一人の要救助者だ。

「――碧！」

隣で韮沢が一瞬息を呑み、叫んだ。そしてテープを飛び越え、一目散に駆け出していく。

その華麗な走り姿を見送りながら、俺の中ですべてが繋がった。韮沢の妹が消えた時間帯と、スパ施設で光ダクトが落下したタイミング。あのとき中川さんが俺たちに必死に伝えようとしてきたものと、足取りが急に重くなった理由。中川さんが常に肌身離さず背負い続けた、熱を持ったバックパックの正体。

つまりこういうことだ。韮沢の妹が落ちたのはただの採光窓ではなく、光ダクトに通じる窓だった。彼女はそこからダクトを滑って地下三層まで落下し、スパ施設の浴槽に着水。韮沢の妹にぶつかって彼女の存在に気付いた中川さんは、俺たちにそのことを告げようとしたが、伝わらなかったため断念。落下の衝撃で怪我して歩けなくなった韮沢の妹を、一人背負って連れて行く覚悟を決める。

そして声の出せない少女と盲ろうの女性は二人、互いに足りない部分を補いながら、協力し合って出口を目指す。あるときは盲ろうの女性が暗闇を怖がる少女のために手探りで照明のスイッチを入れ、あるときは少女が女性の手を引っ張ってフォークリフトの危害から守り、正しいドアの方向を教え——。

いったい誰が、想像しただろうか。

見えない。聞こえない。話せない。そんな途方もないハードルを抱えた一人の人間が、あの切羽詰まった状況の中で、自分以外の誰かを救うことを考えていたなどと。

俺は芯から打ちのめされた。完敗だ。俺の小賢しい科学的な説明などくそくらえだ。真実はもっとアナログで、泥臭く、人間臭い理由——。

見てるか、兄貴。

泣き笑いの表情で、韮沢姉妹が抱き合う姿を見守る。

俺はやっぱり、人間に「限界」はないと思うよ。だって人間には、本当に何が「無理」かも、想像できないのだから。

やがて担架のあとから、誰かが隊員に手を引かれて瓦礫を登ってきた。今度こそ中川さんだ。自力で歩いているところを見ると、特に体調などに問題はないのだろう。俺の胸に深い安堵が下りる。

地上に出ると、彼女はよろめくように地面にへたり込んだ。それから周囲の隊員に向かい、身振り手振りで必死に手話で問いかける。

手話を学んでいない俺には、何一つその記号は読み取ることはできない。だが、なぜだか意味はわかった。彼女の言いたいことが、手に取るように理解できた。

彼女はきっと、こんなふうに聞いていたのだ――あの子は無事ですか。あの子はちゃんと生きていますか。さっきから元気がないんです。早くお医者さんに見せてあげてくださいーー。

困惑する隊員たちをかき分け、伝田さんが駆け寄る。伝田さんはまず中川さんを強く抱きしめ、それから彼女の両手を取った。涙と鼻水まみれの顔で嗚咽を上げげつつ、その両手の指を叩く。中川さんはじっとその手を前に差し出して「聞いて」いたが、途中で声もなく口を開け、どっと目に涙を溢れさせた。

「ああ」

歓喜の雄たけびが、星空に響き渡る。

「あああ――」

その声が、自分をどこかへ導く気がした。

〈主要参考文献〉

『ヘレン・ケラー自伝：私の青春時代』 ヘレン・ケラー著 川西進訳 ぶどう社
『さとしわかるか』 福島令子著 朝日新聞出版
『新版 必携ドローン活用ガイド―災害対応実践編―』 内山庄一郎著 東京法令出版

また作中のドローン関連の描写について、株式会社エーブレイン代表・古座野良一様（厚木ドローンスクールマネージャー）から、貴重な数多くのご助言を頂きました。この場をお借りして、深くお礼を申し上げます。

装幀　bookwall
装画　尾崎伊万里

本書は書き下ろしです。

〈著者紹介〉
井上真偽（いのうえ・まぎ）
神奈川県出身。東京大学卒業。『恋と禁忌の述語論理（プレディケット）』で第51回メフィスト賞を受賞してデビュー。2017年『聖女の毒杯　その可能性はすでに考えた』が「2017本格ミステリ・ベスト10」の第1位となる。

アリアドネの声
2023年6月20日　第１刷発行
2024年8月20日　第17刷発行

著　者　井上真偽
発行人　見城 徹
編集人　森下康樹
編集者　武田勇美

発行所　株式会社 幻冬舎
〒151-0051 東京都渋谷区千駄ヶ谷4-9-7
電話：03(5411)6211(編集)
03(5411)6222(営業)
公式HP：https://www.gentosha.co.jp/

印刷・製本所　中央精版印刷株式会社

検印廃止

ISBN978-4-344-04127-1 C0093

この本に関するご意見・ご感想は、
下記アンケートフォームからお寄せください。
https://www.gentosha.co.jp/e/